COLLECTION FOLIO

Jean Giono

La chasse
au bonheur

Gallimard

Jean Giono est né le 30 mars 1895 et décédé le 8 octobre 1970 à Manosque, en haute Provence. Son père, italien d'origine, était cordonnier, sa mère repasseuse, d'origine picarde. Après des études secondaires au collège de sa ville natale, il devient employé de banque, jusqu'à la guerre de 1914, qu'il fait comme simple soldat.

En 1919, il retourne à la banque. Il épouse en 1920 une amie d'enfance dont il aura deux filles. Il quitte la banque en 1930 pour se consacrer uniquement à la littérature après le succès de son premier roman : *Colline*.

Au cours de sa vie, il n'a quitté Manosque que pour de brefs séjours à Paris et quelques voyages à l'étranger.

En 1953, il obtient le prix du Prince Rainier de Monaco pour l'ensemble de son œuvre. Il entre à l'Académie Goncourt en 1954 et au Conseil littéraire de Monaco en 1963.

Son œuvre comprend une trentaine de romans, des essais, des récits, des poèmes, des pièces de théâtre. On y distingue deux grands courants : l'un est poétique et lyrique ; l'autre d'un lyrisme plus contenu recouvre la série des chroniques. Mais il y a eu évolution et non métamorphose ; en passant de l'univers à l'homme, Jean Giono reste le même : un extraordinaire conteur.

NOTE DE L'ÉDITEUR

Ce volume est le troisième et dernier recueil des chroniques que Giono écrivit pour des journaux dans la dernière partie de sa vie. Il fait suite aux *Terrasses de l'île d'Elbe,* publié en 1976, et aux *Trois arbres de Palzem,* publié en 1984. Les chroniques recueillies ici datent à une exception près des années 1966-1970. Comme dans les recueils précédents, elles sont données dans l'ordre de leur publication dans la presse. On y a joint quelques préfaces données en prépublication ou reprises à titre de chroniques. Le texte qui ouvre le volume est une de ces préfaces et date de 1958 ; celui qui le clôt est le dernier texte achevé par Giono, quelques semaines avant sa mort.

Rome que j'aime *

La première fois que je vais à Rome, c'est avec
Antoine, un ami aussi fantaisiste que moi. Depuis
Civitavecchia, nous attendons Rome. Nous pensons
qu'une ville digne de ce nom doit, se doit et nous doit
d'occuper l'horizon avec un certain appareil. Nous ne
voyons qu'un désert couleur de paillasson.

Antoine prétend finalement qu'on a dû se tromper.
Comme je suis soi-disant le pilote, je lui fais remarquer
qu'on n'a pas rencontré de carrefour, sauf celui du
chemin de Magliana qui, sans aucun doute, n'allait
pas à la capitale du monde, et qu'au surplus les bornes
disent : ROMA, 18 kilomètres. « Alors, dit-il, qu'est-ce
que tu en penses ? — Je n'en pense rien. » De ce temps,
nous faisons les montagnes russes dans le paillasson ;
nous descendons dans des fonds étouffants où se
cachent quelques ormes poussiéreux ; nous remontons
sur des bosses pelées d'où nous ne découvrons toujours
que le désert.

ROMA, 4 kilomètres. Cette fois, la plaisanterie a
assez duré. Nous nous arrêtons et nous nous interro-

* Ce texte est la préface d'un album de ce titre, publié par les
Éditions Sun en 1958.

geons. Qui trompe-t-on ? Et, est-ce que c'est malin ? A
la réflexion, c'est peut-être assez malin : il n'y a qu'à
voir dans quel état nous sommes. Cent Babylones
entassées devant nos pas ne seraient pas arrivées à
nous plonger en de telles perplexités.

On repart, tout doucettement, l'œil aux aguets en se
disant : « Toi, ma vieille, tu ne nous auras pas. Quatre
kilomètres c'est pas le bout du monde, tu dois bien être
quelque part. » Tout d'un coup, nous tombons entre
un mur terrible et une rangée de maisons, le souffle
coupé comme dans une chute de *scenic railway* (la pente
n'est pourtant pas forte) et nous nous trouvons en bas
dans une pâte d'automobiles, de calèches à chevaux et
de vespas en train de tourner autour d'un agent de
police, blanc comme un linge de la tête aux pieds.
Nous sommes tellement désorientés que nous tournons
autour de lui pendant dix bonnes minutes, tant qu'à la
fin, irrité de notre obstination et de notre air ahuri, il
nous chasse d'un geste (romain, d'ailleurs) auquel
Antoine obéit tout de suite. Nous nous rangeons le
long du trottoir, devant une terrasse de café.

Nous nous étions promis toutes sortes de boissons
littéraires : nous prenons deux bocks. Mon ami dit :
« Bon ! Eh bien, c'est Nîmes. — Qu'est-ce qui est
Nîmes ? — Ta Rome. — Voilà maintenant que cette
ville est à moi ? — Oui, des platanes, des cafés et
absolument rien du tout : c'est Nîmes. » Il boit son
bock.

L'endroit n'a pas l'air évidemment bien formidable.
Cet après-midi de quatre heures en plein été, on le voit
dans toutes les villes du sud de la France (sauf à
Marseille). Oui, une avenue sous l'ombrage, des
terrasses de cafés où l'on boit des bocks. J'ai beau me
répéter : « Nouveau venu qui cherche Rome en Rome

et rien de Rome en Rome n'aperçois... — Qu'est-ce
que tu dis ? — Je me récite des vers. — Quand tu auras
fini, tu pourrais peut-être essayer de trouver sur le plan
un chemin qui nous mène à la Bocca di Leone. —
Avoue que, pour une rue, c'est quand même un nom.
— A Aix-en-Provence, il y a le boulevard du Temps-
Perdu ; c'est pas mal non plus. — Sais-tu comment
s'appelle le boulevard où nous sommes ? Cola di
Rienzo. Ça ne te dit rien ? — Ce qui me dirait, c'est
que tu payes les bocks, si tu as de la monnaie. Moi, je
n'ai que ces énormes billets de 10 000 lires. »

Nous descendons le long de Cola di Rienzo. Je sens
qu'Antoine est en train de faire un travail de Carthaginois. Il ne pardonne pas cette water-chute, cette
chausse-trape qui, du plein désert nous ·a précipités
dans le maelström, autour de l'agent de police. A
chaque feu rouge, il regarde à droite et à gauche les
perspectives transversales et il fait la moue. S'il ne
répète pas « Nîmes, Nîmes », c'est qu'il a le sens des
nuances. Il doit être en train de chercher un nom de
sous-préfecture auvergnate.

Ponte Margherita. « Et après ? me dit Antoine. —
Après, c'est tout droit, d'après le plan. — Tout droit
c'est barré, tu ne vois pas ? Il y a un mur. » C'est vrai,
le boulevard Cola di Rienzo a l'air de buter contre un
mur, recouvert d'ailleurs d'affiches. « Immondes,
ajoute Antoine. — Pas tout à fait, tu es trop sévère ; ce
sont des affiches comme les autres. — C'est précisément ce que je leur reproche. Avoue, au surplus que, si
tu ne sais pas lire le plan d'une ville... — Allons, bon,
voilà que Rome est une ville maintenant. Comme si
nous étions venus ici chercher une ville !... — Et
qu'est-ce qu'on est venus chercher ? demande Antoine.
— Ce que nous attendions, non pas depuis Civitavec-

chia, mais depuis que nous pensons à Rome. » Je suis
bien parti et décidé à contrebattre mon Carthaginois
avec un peu d'éloquence mais nous sommes arrêtés en
plein milieu du boulevard et il y a déjà un moment
qu'on nous « siffle » : c'est ce que nous fait comprendre un agent, également blanc comme un linge mais
noir d'œil. Et d'un nouveau geste romain, il nous
expédie dans la direction du mur.

« Je ne suis pas têtu, dit Antoine (c'est quand il va
foncer comme un taureau), il veut que j'aille me casser
le nez contre le mur ? Eh bien, j'y vais. »

Ou, plus exactement, nous y allons, et moi je trouve
ça idiot ! Mais, à deux mètres du mur, nous apercevons
des chicanes à droite et à gauche. Nous prenons celle
de droite et nous débouchons... Antoine freine brusquement et s'arrête.

Au bout d'un moment je lui dis : « C'est la Piazza
del Popolo. » Il m'ignore complètement. Il ne s'est
bien entendu pas arrêté dans un endroit « prévu
pour », comme il dit ; il est, une fois de plus, un
perturbateur de trafic : des autos qui nous frôlent, on
ne se fait pas faute de nous le dire (et j'ai l'horrible
impression de comprendre cet italien-là dans ses
moindres subtilités) ; il ignore ces insolents. Il a
appuyé ses bras nus sur le volant et, penché en avant,
il regarde.

C'est la Piazza del Popolo à l'heure où la lumière
d'après-midi retrouve sa gentillesse. Je ne dis strictement rien et Antoine grommelle : « Fous-moi la
paix ! » Puis il embraye au pas de promenade et,
toujours nonchalamment appuyé au volant, l'œil fixé
non pas sur la route qu'il prétend suivre mais sur les
pins du Pincio, Santa Maria dei Miracoli, Santa Maria
in Montesanto, l'obélisque d'Héliopolis, les fontaines,

il s'empare de la Piazza del Popolo comme si c'était un bien de famille.

Je comprends de mieux en mieux l'italien véhément des automobilistes, chauffeurs de cars, cochers et jeunes gens à vespa (il n'y a pas d'agents de police) d'autant que, naturellement, nous tournons autour de la place en sens interdit. Antoine n'en a cure ; il est à une affaire qui le requiert tout entier. Moi je fais en physiognomonie les mêmes étonnants progrès que je viens de faire en linguistique et je lis à livre ouvert sur les visages de la société qui prend des glaces devant le café à l'entrée de la Via del Babuino (où sont trois ou quatre de ces femmes devant lesquelles on ne voudrait pas être ridicule pour un empire).

Nous en sommes à notre quatrième tour à contre-courant, à notre quatrième passage sous les regards de ces trois ou quatre « natures grandioses » et c'est le moment que choisit Antoine pour me dire avec ravissement un : « Parfait, mon vieux ! » et pour me flanquer une bonne claque sur les cuisses.

*

Un soir, nous rentrons de dîner à la Piazza Navona. Nous sommes devenus Romains de Rome. Nous n'allons pas dans les alberghi à touristes ; nous fréquentons une trattoria où on nous connaît. (On dit : « petite trattoria » dans ces cas-là.) On nous garde un saladier de ces petites figues vertes qu'on mange avec le jambon de Parme, et ce soir on nous a fait, spécialement pour nous, de la queue de bœuf. Il n'y a pas à douter de ce « spécialement pour nous ». Nous avons mangé à la table du patron et avec la patronne. Le roi n'est pas notre cousin.

« Voyons un peu si nous allons nous perdre comme la dernière fois », dit Antoine.

C'est dit de façon très délibérée : après la queue de bœuf et à la table du patron, on n'a pas le complexe du « petit poucet ». Je réponds :

« Il n'y a qu'à tourner après le palais Borghèse.

— Tu as déjà dit ça l'autre soir et on s'est bêtement retrouvés au Panthéon.

— On a tourné à gauche ; il fallait tourner à droite.

— Je m'en fous, dit Antoine, plein de mauvaise foi. J'adore me perdre dans ces rues. »

Nous déambulons dans une construction « à la Piranèse » ; de gigantesques écussons baroques avec étendards, piques, casques et tentures de pierre se perdent dans les ténèbres au-dessus de notre tête, survolés d'étranges ponts volants, de voûtes qui n'existent peut-être pas (dans ce que nous voyons il est impossible de faire le compte de ce que nous inventons). Les rues (des ruelles sans trottoir, semblables à des corridors d'Ann Radcliffe) circulent entre d'énormes monuments dont le plus petit ferait la gloire d'une capitale ordinaire. Monuments nus et crus d'ailleurs et tels que les employaient à leur usage les Médicis, Mme Marguerite d'Autriche, sainte Agnès, les Borghèse ou même Auguste. Ces rues ne sont éclairées que par des lumignons, mais placés avec un extraordinaire sens du théâtre ; et, de temps en temps, à la suite d'un long mur désert, entre deux portes cochères à cariatides, ou juste contre le mufle sévère d'un palais d'empoisonneur, ces rues sont historiées de petites *trattorie* où quelques Romains immobiles mais d'époque moderne boivent du vin. Nous sommes à cinq cents pas de la place de Venise, en plein cœur de Rome, dans le quartier entre le Corso et la Via Vittorio Emmanuele, pas du tout dans un endroit excentrique.

« Le Trastevere où nous étions l'autre soir, dit Antoine, est à peu près pareil mais avec un peu plus d'emphase.

— Un peu moins, tu veux dire ! Piazza in Piscinula, ou du côté de Sainte-Cécile, en tout cas, Via dei Genoveri, c'est le décor de la comédie italienne ; ici, c'est la tragédie cardinalice : ça gueule un peu.

— Tu n'y entends rien du tout, dit Antoine. Tu te laisses impressionner par ces armes et ces chapeaux à glands. D'ailleurs, les cardinaux ne gueulent pas ; apprends ça, mon vieux, ça te servira dans la vie. Par contre, ce qui gueulait l'autre soir, c'était Piazza San Cosimato.

— Il n'y avait pas le moindre bruit.

— Toute ton éducation est à refaire, dit Antoine. Qui te parle de bruit ? Une grande façade basse mais rose, et d'un rose dans lequel il a fallu doser la chaux avec des sens exquis ; au-dessus montait le clocher gris de Santa Maria in Trastevere et, autour, la place qui se déployait... Tu vois quelque chose qui se déploie toi, par ici ?

— Si tu veux quelque chose qui se déploie, retournons à Tivoli.

— Ça ne se déploie pas à Tivoli, dit Antoine, ça se déroule, sauf évidemment la vue sur la *Campagna Romana*, mais Tivoli lui-même, c'est de la tapisserie : ça se déroule.

— Tu ne lésinais pas, l'autre matin.

— Je ne lésine pas ce soir, dit Antoine, je classe : d'un côté la pierre (Villa Adriana, tiens !), de l'autre côté l'étoffe, le tissage, si tu préfères, le mélange. Une

tapisserie de pins, de cyprès, de fontaines et de bassins,
tu trouves que je lésine ?

— Admettons que le mot ait dépassé ma pensée.
D'ailleurs, je reconnais qu'il ne dit pas ce que je veux
dire. Disons que je te préfère dans tes sentiments
quand tu embouteilles le Corso parce que tu as aperçu
les escaliers de la Trinité des Monts du bout de la Via
Condotti. La marche arrière que tu exécutes alors au
milieu de tous ces Romains avec une autorité de
Gaulois me remplit d'aise.

— C'était en arrivant, dit Antoine. Depuis, je me
suis assis, comme toi, comme un petit Romain de
Rome, dans la fontaine de la Barcaccia, et j'ai
contemplé ces escaliers pendant des heures.

— Il y a en tout cas une chose dans laquelle nous
sommes très accordés : c'est dans les manifestations
extérieures de notre satisfaction. Au plus fort de ton
enthousiasme, tu dis tout juste : " Parfait, mon
vieux ! "

— Parce que je suis bien élevé, dit Antoine. Toi, tu
ne dis rien.

— Mais, je te fais partager mes plaisirs. Souviens-
toi de l'orage au Capitole. J'aurais pu te parler de mes
rhumatismes. Nous avons contemplé tout à notre aise
l'extraordinaire temple de nuages vers lequel montait
l'escalier de Santa Maria in Aracoeli.

— J'ai préféré cet orage-là sur le Forum, dit
Antoine : c'était le reflet de l'Histoire.

« A ce propos, ajoute-t-il, nous n'avons même pas
parlé latin une seule fois !

— Nous ne connaissons pas le latin, ni toi ni
moi.

— Non, dit Antoine, mais on connaît toujours des
petits trucs comme " *Si vis pacem para bellum* ". D'ail-

leurs, j'ai appris le latin, moi; j'ai mon baccalauréat, moi.

« Alors, dit-il ensuite, est-ce que tu le retrouves ton fameux palais Borghèse, ou est-ce qu'on est encore perdus ? »

Paradis

On a toujours cherché des paradis ; aujourd'hui de plus en plus ; on furète de tous les côtés. Un de mes correspondants imaginait le sien dans les îles d'un archipel du Pacifique. Il avait les moyens d'aller le voir de près : il s'en est payé le luxe.

Parti d'un quelconque Guayaquil, il s'extasie d'abord sur le petit rafiot rafistolé de bouts de ficelle et de papier collant qui boitille pendant des semaines dans la houle indifférente de milliers de milles d'eau déserte. C'est à peine s'il trouve le désert assez désert. « Voilà enfin qui me change de... » etc. etc. « ... la triste humanité, les foules, l'air empuanti » etc. Tout est beau. Que dis-je beau ? Il n'y a pas de mot. Les cancrelats de sa cabine ont les yeux bleus ; le mazout est un patchouli ; le halètement de la machine poussive, les trompettes de Haendel. Le prisme n'a pas assez de couleurs pour décrire ce qu'il voit : en quatre pages il emploie seize fois le mot rouge, vingt-trois fois le mot vert ; les adjectifs processionnaires s'allongent parfois sur une demi-ligne. « L'eau est si claire que... L'îlot est une petite merveille... La haute falaise de marbre qui s'élève à tribord... » (Notez tribord : il n'y a pas de paradis sans tribord — ou bâbord. Les

paradis ont toujours un tribord et un bâbord.) Et
combien a-t-il vu de « couleurs surnaturelles se refléter
sur le ventre blanc des oiseaux » ? Bref, il plaint les
pauvres types qui, de ce temps, sont en train de
« changer à Marbeuf ». Le plus triste c'est qu'il a
raison.

Il débarque. Sa joie est à son comble. C'est plein de
volcans ! Mais plein à la lettre : des vieux, des jeunes,
des noirs, des gris, des rouges, des froids, des chauds,
des grands, des petits. Certains fument, certains
grondent ; les uns ne font rien ; les autres contiennent
des lagunes. Avouez que ça vaut le coup ! D'autant que
l'eau continue à être claire, l'îlot merveilleux, la falaise
de marbre, et qu'il y a de plus en plus nettement un
tribord et un bâbord.

Il n'y a pas grand-monde dans son paradis. Bien
sûr ! Sinon, ce ne serait plus le paradis. Mon zèbre a
évidemment tout un matériel de premier ordre, en fait
de tout ce qui est nécessaire au confort des paradis
insulaires : tente imperméable avec tapis de sol et tout
le bazar, plus des quantités de bazars supplémentaires.
Le premier type qu'il trouve sur le sable de l'arrivée,
c'est un ancien soldat de l'armée allemande : grand,
osseux, au visage triste, muet comme une carpe,
méfiant comme un singe ; il porte des culottes courtes
et des bottes qu'il s'est lui-même fabriquées avec la
peau d'un taureau qu'il a tué. Il est accompagné d'une
femme-bourricot qui trimballe le matériel du ménage
sur son dos, et d'un petit garçon sauvage et agressif.

Il fera par la suite connaissance avec un homme
« qui semble sortir d'un roman de Conrad », dit-il.
Nous en sommes aux premiers jours : les adjectifs ont
encore tendance à processionner, même si dans leur
procession s'intercalent de loin en loin des chenilles

galeuses, comme dans ce qui va suivre. Donc « sorti
d'un roman de Conrad », « sinistre, à la tête d'oiseau
de proie, dont la bouche édentée s'ouvrait, sans
mâchoire supérieure sous un grand nez rongé d'eczé-
mas, orné par miracle de deux touffes de moustaches
hérissées en crocs. Il parlait d'une voix effroyablement
nasale ».

Il y avait encore, sur cette île qui s'appelait La
Fleurie, d'autres personnages avec lesquels mon cher-
cheur de paradis fit peu à peu connaissance : un ancien
pope estonien, à poil roux et à gros ventre, un
Norvégien maigre et mélancolique, un nabot à grosse
tête rasée qui ne pouvait exciper d'aucune nationalité
existante ; deux hommes qu'un commerce quotidien
dans l'isolement avait dressés haineux l'un contre
l'autre et qui s'égorgèrent finalement à coups de
fourchettes. Les autorités dont dépendait l'archipel
avaient également installé sur La Fleurie, dans une
case en bambou, un petit bagne avec sept repris de
justice et deux « confinés » politiques. Ces deux-là se
disputaient inlassablement sur Nietzsche ; les sept
autres silencieux et sournois passaient leur temps à
chercher sur la plage des coquillages pour décorer des
boîtes et des cadres de photographies qu'ils vendaient
aux soldats, leurs gardiens.

Mon ami gambada un certain temps dans la compagnie de tout ce monde, s'efforçant à ne pas voir,
jusqu'au moment où il décida de monter un peu sur le
flanc d'un volcan où il apercevait comme de grands
vergers fleuris. « Là-haut, se dit-il, je m'installe et... »,
tout le paradis, enfin, se trouvait dans le suspens de la
phrase.

Tous les paradis, s'ils ont, comme je l'ai dit, un
tribord et un bâbord, se trouvent toujours dans le

suspens d'une phrase. Au moindre mot qu'on met sur eux, les paradis s'effondrent.

Voilà notre explorateur installé. La tente est superbe ; toutes les bricoles fonctionnent. Autour de lui, des cocotiers, des goyaviers, des agaves, des papayers, des manguiers, des tamariniers, des roucouyers à ne plus savoir qu'en faire. C'est quand même autre chose que des quelconques pommiers, poiriers, pêchers et autres vulgarités. On respire.

Pas longtemps. D'abord les moustiques qu'on avale à pleine gueule si on respire trop fort. Puis quelques brumes, du froid, de l'humidité glaciale, un petit vent aussi débridé que tout ce qui existe en ces îles : un vent de paradis, un vent qui surprendrait en un lieu quelconque de la terre, mais qui est chez lui ici et en profite pour déchiqueter morceau à morceau la tente imperméable. Enfin, en pleine nuit, assaut de taureaux sauvages devant lesquels il faut fuir. Notre homme grimpe à un acacia et s'aperçoit que cet arbre décoratif est tout hérissé d'épines longues comme des dents de tigre. Il échappe aux taureaux mais il se déchire les cuisses. En descendant de l'acacia il trouve son matériel tout piétiné. Mais c'est un gars qui ne se décourage pas pour si peu. (Les chercheurs de paradis que j'ai connus ne se décourageaient jamais « pour si peu » et finissaient par vivre dans de longs enfers.) Il prend sa mésaventure du bon côté : il grelotte, il se mouille, il a peur ; il mange des mangues, des papayes, des goyaves, des trucs innommables ; il se colle des dysenteries royales et impériales ; il se décatit, il se dégonfle, il dépérit, il périclite, il s'amenuise, il se déconfit ; enfin, le voilà de nouveau en fuite devant des hordes de chiens sauvages (nous sommes bien au paradis) qui ont envie de jouer au banquet populaire avec lui.

Il se réfugie dans un petit défrichement. Il y est
accueilli par un bonhomme d'aspect chétif et rageur, à
lunettes, avec une chevelure de tribun, au regard dur,
méfiant, aux lèvres fines et serrées, l'air prétentieux et
méchant, philosophe et végétarien, bouddhiste, enfin
tout. Lui aussi est venu chercher le paradis aux îles.
Chez ce type-là point de salut. Il faut boulonner ; que
dis-je : il faut se décarcasser. Et je te pioche, et je te
charrie des pierres, et je te creuse des trous, et je te
taille des sentiers au sabre d'abattis, et je te ci, et je te
ça, jusqu'au jour où notre paradisiaque qui n'a même
plus le temps de se gratter, rongé de puces, de
moustiques et de fourmis, les doigts de pieds infectés
de ces tiques qui pénètrent profondément entre les
orteils pour aller pondre leurs œufs dans la chair
fraîche, jusqu'au jour, dis-je, où notre gars rassemble
ses dernières forces pour fuir le philosophe et redescen-
dre au port.

Le rafiot qui l'avait amené ne revient que dans trois
mois. Il revient et il ne peut pas le prendre : les Suédois
qui exploitaient une lagune salée dans une autre île
déménagent et ont pris toutes les places. Le voilà
obligé à vivre trois mois de plus dans son paradis. Je
vous fais grâce de ces trois mois : vous n'y croiriez pas.

Je reçois tous les jours des lettres : « Je travaille dans
une usine (dans un bureau, dans un laboratoire, dans
un magasin, dans un commerce, dans une administration, dans un ministère), ma vie est triste. J'aimerais
vivre dans un pays de soleil, au soleil, au grand air,
libre, m'épanouir, respirer. Je n'ai pas de métier mais
j'ai de la bonne volonté, de la force, de la jeunesse. Je
ferai n'importe quoi... » Non ! On ne fait pas n'importe
quoi. Au surplus, la première personne qu'on rencontre en débarquant au paradis, c'est soi-même.

Le démon mesquin

Vers 1809, un nommé James Beresford maître ès arts et membre du collège de Merton, de l'université d'Oxford, dresse le catalogue des *Misères de la vie humaine, ou Les gémissements et soupirs exhalés au milieu des fêtes, des spectacles, des bals, des concerts, des amusements de la campagne, des plaisirs de la table, de la chasse, de la pêche et du jeu, des délices du bain, des récréations de la lecture, des agréments des voyages, des jouissances domestiques, de la société du grand monde et du séjour enchanteur de la capitale.*

Cet Anglais est le contraire de Dante : il n'y a pas de grandes flammes dans son enfer, il n'y a que des milliers d'emmerdements minuscules qui dessinent une « Humaine Comédie » aussi terrifiante que la Divine. Bien plus terrifiante : l'Anglais n'a ni purgatoire ni paradis. On n'a pas la lèpre chez lui, on a la gale ; avec la lèpre, on pouvait tenter quelques ronds de bras, ennoblir la pourriture d'un nez ou d'une main, se dire flagellé de Dieu, que sais-je ? (Des poètes ont su.) Avec la gale ce n'est pas possible ; il faut se gratter sans arrêt ; comment accrocher le pittoresque ? Dieu se tient à d'énormes distances des galeux. Ni Eschyle, ni Sophocle, ni Shakespeare, ni Claudel ne font attention aux galeux. C'est la fin de tout, c'est l'ombre irrémédiable, et souffrir dans l'ombre, quoi de pire ?

Le plus drôle (ou le plus affreux) c'est que Beresford est, par son simple catalogue, « témoin de son temps » comme on dit aujourd'hui. Il n'a pas besoin d'écrire *Le Moulin sur la Floss* ou *David Copperfield* ou *La Cousine Bette* ou *Le Rouge et le Noir* (Stendhal avait lu ces *Misères de la vie humaine* ; on trouve le titre dans la liste des livres de sa bibliothèque de Civitavecchia) ou *Les Frères Karamazov*. Il lui suffit de décrire les mille (les dix mille) petits emmerdements qui nous énervent chaque jour et à longueur de vie pour faire le portrait de son époque et de toutes les époques.

On est loin de la guerre de Troie mais on n'a pas tous les jours la chance de mourir sous les coups d'Hector (ou d'Achille) tandis qu'encore de nos jours il peut vous arriver de « marcher dans un terrain gras, nouvellement labouré, et emporter avec soi à la maison, contre son gré, un échantillon du sol pesant dix à douze livres à chaque pied » — ou de « monter obliquement une colline escarpée lorsque le chemin est gras, ou après qu'il a plu » — ou peut-être « sentir votre pied glisser sur le dos d'un crapaud que vous avez pris pour une pierre en vous promenant sur le déclin du jour ». — Qui a vu Cerbère ? A part Dante je ne connais personne, mais j'ai été celui qui pousse le soupir numéro 19 : « Dans une de vos promenades du soir, être pendant l'espace d'un quart d'heure suivi par un chien de basse-cour (sans maître) qui grogne sourdement derrière vos talons en portant son mufle sur vos mollets, comme s'il voulait choisir le meilleur morceau de chair à mordre... ni canne, ni bâton à la main. »

Les automobilistes sentiront la vérité de celui-ci :

« Être obligé de suivre, à cheval, un tombereau se traînant vers la brune, dans un chemin bordé de haies, lorsque vous êtes déjà retardé et que vous avez besoin de tous vos yeux ainsi que des jambes de votre monture pour achever sain et sauf une route qui vous est inconnue. » — Et de cet autre : « En sortant de Londres voir votre carrosse bloqué sur le chemin par une foule de gens de la lie du peuple qui sortent du combat du taureau ou d'une exécution et s'en retournent chez eux en témoignant les signes de la joie la plus grossière et la plus bruyante. »

Voici Balzac : « En traversant une petite ville de province, un jour ouvrable où il a plu, avoir devant ses yeux le spectacle d'une foule de vieilles filles aux joues creuses, au teint hâve, coiffées et vêtues à l'antique, se saluant réciproquement et se traînant, seules ou deux à deux, l'une chez le boucher dans l'intention d'acheter du foie pour son chat, l'autre chez l'herboriste pour se procurer du mouron, l'autre enfin pour faire un tour de promenade d'une demi-lieue à l'effet de gagner de l'appétit. »

« En voulant faire valoir vous-même quelques centaines d'arpents de terre qui vous coûtent beaucoup d'argent, vous apercevoir que le mélange des qualités de bourgeois et de fermier sympathise fort bien avec la perte mais qu'il est incompatible avec le gain. »

« Continuer de vivre dans un endroit désagréablement situé, après vous être rassasié depuis longtemps de la perspective qu'on découvre de vos fenêtres à une époque où la misère des temps vous a obligé de vous défaire de votre cheval. » — « Pendant la partie la plus humide de l'hiver, dans un pays marécageux, en allant, suivant votre usage, faire un tour de promenade dans un champ voisin, le seul endroit à votre portée où vous n'enfonciez pas jusqu'aux genoux, vous trouver prévenu par une charrue dont les chevaux sont à tracer des sillons dans le champ même que vous aviez choisi pour prendre vos ébats. »

Dans ces tribulations de la campagne anglaise (qui étaient également les tribulations de la campagne française, allemande, autrichienne, russe, européenne, américaine, etc., à l'époque, avec des paroxysmes divers) rien n'est oublié : ni la chasse, ni l'office, ni le jardin, ni l'espalier, ni la feuille morte, ni l'écurie, ni le palefrenier, ni la cuisinière, ni la société, ni la solitude. Si ce n'est pas la compagnie qui vous ennuie et traverse le cours harmonieux de votre âme, c'est vous-même : c'est la goutte, c'est le furoncle, c'est le rhume, c'est l'asthme. Il n'y a pas une pluie qui ne crève en gouttière dans votre chambre, pas un vent qui ne rabatte la fumée de la cheminée dans vos yeux, pas une girouette qui ne grince à longueur de nuit, quand ce ne sont pas les batteurs de blé qui scandent vos jours du bruit de leurs fléaux.

Vous fuyez la province ? Voici Londres ; et un Londres qui ressemble étrangement à Paris, à Saint-Pétersbourg, à Rome. « Se trouver dans les rues de Londres, chaussé en escarpins, au milieu d'un tas de neige énorme, et être obligé de traverser un immense ruisseau sur une planche mal étayée, sous l'escorte d'un Savoyard qui vous demande son passage tout le long du trajet en frottant son chapeau gras contre vos habits... et pas un sou de monnaie dans votre poche. » — « Comme vous traversez le Strand dans un moment très pressé, rencontrer à l'extrémité d'un trottoir la tête de douze ou quatorze chevaux que vous savez devoir passer avec une énorme voiture de charbon de terre avant que vous puissiez bouger, à moins que vous ne préfériez vous éclabousser vos bas de soie blancs et vos souliers de peau de chèvre en vous faufilant entre les roues de carrosses, de fiacres, de tombereaux, etc., au beau milieu de la rue. » — « Tandis que vous vous promenez avec l'idole de votre âme, faire la rencontre d'un matelot ivre qui vient en chancelant vomir son tabac mâché sur la draperie de la belle. » — « En allant dîner en ville à une heure déjà trop avancée, votre voiture se trouve arrêtée dans la rue par deux fiacres qui se sont accrochés et qui occupent tout le pavé, vous laissant une heure et demie de plus qu'il ne vous fallait pour vous préparer à aiguiser l'esprit dont vous devez faire preuve à table. » Et enfin, simplement, le plus triste en une ligne : « Un dimanche pluvieux dans la ville, au milieu de l'été. »

J'ai sauté les tribulations des « cris de Londres », les tribulations des chapeaux que le vent fait voler, des manteaux que les aigrefins échangent aux patères des cafés, l'argent perdu, des mouchoirs volés, des passants accostés à tort, des antichambres où l'on fait le pied de grue, etc. etc. D'ailleurs, nous n'en sommes qu'à la page 147 et le livre en a plus de 800.

Le supplice chinois n'est pas toujours celui que l'on croit : les pointes de bambou enfoncées sous les ongles, les lanières de peau découpées finement sur le ventre et autres joyeusetés. Il y en a un plus terrible. Il consiste à vous faire vivre dans un monde où rien ne va : le robinet du lavabo fuit, la cuvette est bouchée, la table est bancale, la chaise aussi à contre-sens de la table, le tiroir ne s'ouvre pas, une fois ouvert il ne se ferme plus ; la lampe s'allume et s'éteint, le verre à pied n'a plus de pied, l'assiette est fêlée ; les becs de la plume sont inégaux et écartés, l'encre est huileuse, le papier gras, la colle des enveloppes ne colle pas, le buvard

n'est pas buvard, les souliers sont trop petits, les
chaussettes trop grandes ; il y a du gravier dans le
dentifrice, la lame de rasoir est ébréchée, les murs de la
pièce ne sont pas d'aplomb ; le parquet se déglingue,
les poignées de portes vous restent dans la main ; la
brosse à dents perd ses poils, le savon sent mauvais, les
boutonnières sont trop grandes ou trop petites, il
manque des pages à tous les livres, les poches sont
toutes trouées, les manches sont trop courtes, le
pantalon est trop long, sa ceinture est trop étroite ; les
verres bavent, le manche des casseroles tourne, il n'y a
pas de papier aux cabinets, les couteaux se plient à
l'envers ; enfin, le sel est sucré. Quelques esprits forts
réclament des outils. « Nous allons tout remettre en
ordre, disent-ils, c'est le rôle de l'homme. » On leur
donne ce qu'ils désirent, mais : les clous se tordent, le
marteau se démanche, le rabot se plante, les ciseaux
sont trop serrés, le chas de l'aiguille est bouché, le fil
casse, tous les tranchants sont émoussés, la scie se
coince, la râpe glisse, le vilebrequin ne mord pas et, en
règle générale, le ciseau à froid est bouillant. Les plus
robustes ne résistent pas longtemps.

Être Ugolin, finalement, réconforte ; le sort d'Oreste
garde un attrait, mais Théodore cherche des allumettes : c'est la fin de tout.

Le chapeau

Il fait beau. « Nous allons le payer », me dit mon voisin. Prenons-le toujours ! Très peu de gens vivent dans le présent. Ils habitent le passé, le futur, ou les deux. Les coups, ils les reçoivent deux fois ; les joies, ils les émoussent à l'avance. Ils vivent dans la crainte de malheurs que cette prévoyance démesure, dans l'attente de bonheurs que la distance épuise.

Un politique ne promet jamais rien pour aujourd'hui. On me dira que c'est parce qu'il faudrait tenir ; c'est plus grave : c'est qu'on ne saurait que faire de ce qui nous serait ainsi donné (sinon nous apaiser), tandis que sauter après l'appât facilite toutes les initiatives. Faire chanter les lendemains est l'essentiel de toute mystique. On ne s'en est pas privé depuis que le monde est monde et, sur ce point, il n'a pas été nécessaire de progresser parce qu'il n'y avait pas besoin de progrès. C'était parfait du premier coup.

J'ai eu, comme tout le monde, à cinq ans, un livret de Caisse d'épargne. C'était en 1900, l'époque du futur par excellence ; tout était tendu vers demain. « Demain tu verras », me disait mon père. « Demain tu verras », lui disait son cher Victor Hugo. « Demain vous verrez », disaient les expositions universelles où l'on construisait l'avenir en carton pour le présenter aux yeux éblouis. « Ce qui est ici factice sera demain construit en dur. » Et je te fourrais des écus de cinq francs (en argent) à la Caisse d'épargne. J'ai eu jusqu'à cent cinquante francs à mon compte. Ce chiffre fait sourire, mais que de choses on pouvait se procurer en 1900 avec cent cinquante francs ! Mon père aurait pu avoir une veste neuve et ma mère un manteau de laine à la place de celui qu'elle avait en « drap-cuir » lourd comme un diable, froid comme le marbre, mais fait pour durer, c'est-à-dire atteindre les plages du futur. Mon père n'a pas eu sa veste, ma mère a continué à grelotter accablée sous son manteau de martre, je n'ai pas eu de chocolats, et les cent cinquante francs se sont fondus sans profit pour personne dans cet azur du lendemain et l'air du temps.

J'ai, comme tout le monde, acheté des petits Chinois. C'était aussi aux alentours de 1900. Ma mère me donnait deux sous pour mon goûter et il fallait que je lui en rende un. C'était pour sauver les petits Chinois que de méchants parents jetaient au fumier. La cérémonie quotidienne ne manquait pas de noblesse et embellissait mes après-midi vers quatre heures du soir. « Tu comprends bien, Jean, me disait ma mère, tu pourrais garder ce sou, c'est pour ton goûter ; je te l'ai donné et tu me le rends avec plaisir pour sauver ton petit Chinois. Il va grandir en même temps que toi et, dans quinze à vingt ans, ce sera un homme que tu auras plaisir à rencontrer à l'occasion. » L'occasion ne se présenta pas. Quinze ans après, couvert de poux et à plat ventre, j'attaquais en direction du fort de Vaux.

Ce fameux fort de Vaux, d'ailleurs, qu'on attaqua ainsi pendant six jours et dont il restait si peu que nous l'attaquions sans nous douter que nous étions sur son emplacement même, ce fameux fort de Vaux fut aussi un élément du futur. « Les enfants, nous avait-on dit, évidemment, ça n'est pas gai, vous allez sacrifier votre jeunesse et peut-être y laisser la peau, mais c'est pour faire chanter les lendemains, donner la paix aux générations futures. Vous faites la guerre pour qu'il n'y ait plus de guerre. Vous vieillirez (ceux qui vieilliront) entourés du respect et de l'estime de ceux pour qui aujourd'hui vous souffrez. »

Avant d'en arriver aux déconvenues, il me faut dire encore un mot de toutes les promesses de lendemain qu'on me faisait de tous les côtés et de la bonne orientation vers le futur des œillères de tout le monde, les miennes comprises. Les lendemains chantaient aussi bien à l'église, au collège qu'autour de la table familiale. Comment pouvais-je douter quand le prêtre, le professeur, le pater familias (pauvre et cher pater familias si entiché de sirènes quarante-huitardes en vers et en prose) me promettaient à l'envi de magnifiques harmonies futures ? Les examens, la bonne conduite, l'épargne, l'héroïsme, en un mot le sacrifice permanent : voilà avec quoi j'achetais des places au Paradis. On se moquait de « demain on rasera gratis », mais on croyait à la venue de la paix, de la justice, du bonheur et on élevait sur des pavois ceux qui nous les promettaient. Il était pourtant facile de voir quel plaisir immédiat ils prenaient, eux, à cette élévation sur nos épaules. Si on les avait flanqués par terre en leur disant : « Alors, tu nous les donnes tes trucs ? » Mais nous ne l'avons pas fait et nous ne le faisons pas plus aujourd'hui. Les choses continuent exactement de la même façon ; nos œillères sont orientées toujours du même côté. « Vous verrez, vous verrez », nous dit-on. Et que voit-on ?

Je ne vais pas me donner le ridicule de parler de la
succession des guerres que la guerre de 14 a engen-
drées (au lieu de les supprimer) ni du Chinois que j'ai
acheté, celui que ma mère appelait « ton Chinois »,
chaque jour à quatre heures de l'après-midi, et pour
l'achat duquel j'ai dû manger la moitié de mon pain
sec. Je vais rester terre à terre, je vais parler argent.

Un de mes amis se flattait de ne pas avoir de dettes.
Quelqu'un lui répondit : « C'est le tort que vous avez ;
vous ne serez jamais riche. La monnaie n'a jamais
cessé de se dégrader. Pour ne parler que de l'Europe
car, en Chine, la dégradation a commencé encore plus
tôt ; à Rome, dans la première moitié du IIIe siècle
avant Jésus-Christ, la conquête de la Grande Grèce et
ses conséquences, afflux du numéraire, introduction de
la monnaie d'argent, accroissement de la circulation
commerciale, avaient entraîné, avec une hausse considérable des prix, une dépréciation profonde de
l'ancienne unité monétaire. Mais, poursuivit-il, je ne
vous parle de Rome que pour vous montrer que la
décadence régulière de la monnaie ne date pas d'hier.
Si vous aviez, hier (en 1930, par exemple, ou 1940 ou
1950), prêté un million à quelqu'un, il ne vous rendrait
actuellement que des nèfles. Celui qui vous a emprunté
est bien mieux placé. Il a profité du million en 1930
(ou 40 ou 50), et aujourd'hui il vous rend votre million
avec dix mille francs. Et avec ces dix mille francs vous
ne pouvez pas vous acheter aujourd'hui ce que vous
achetiez avec un million en 1930 (ou 40 ou 50). »

Le plus drôle c'est que nous n'avons pas de futur.
Pour tout le monde le futur parfait c'est la mort. Notre
seul bien c'est le présent, la minute même ; celle qui
suit n'est déjà plus à nous. Même les plus sages disent :
« J'ai encore cinq ans ou dix ans, ou vingt ans à

vivre. » Ce n'est pas vrai, nous n'avons rien à vivre, nous vivons et c'est (mais ici M. de La Palice est profond) à force de vivre que nous vivons cinq, dix ou vingt ans encore. « Vous êtes jeune, dit-on encore, vous avez l'avenir devant vous ! » Vous avez beau être jeune, vous n'avez pas plus l'avenir devant vous que ce centenaire-là : vous êtes tout simplement vivant, comme lui, pour, la seconde d'après, être peut-être mort.

Dans ma jeunesse, à l'époque où je faisais le faraud, j'avais réussi à mettre de côté quatre-vingts francs avec lesquels je fis l'achat d'une somptueuse veste de tweed. Ah ! Quel plaisir d'avoir cette veste sur le dos ! La laine en était simple et savonneuse à souhait. « Ce sera, j'espère, me dit ma mère, ta veste du dimanche. » Ce fut donc ma veste du dimanche. Et comment se passait le dimanche du temps que je faisais le faraud ? Eh bien, on allait à la gare voir passer le train de quatre heures de l'après-midi. Toute la société descendait à la gare ; il y avait à peu près sept à huit cents mètres ; on se baladait sur le quai en se reluquant avant que le train arrive. Il arrivait, il repartait ; c'était fini. Tout le monde remontait en ville. En ville, si c'était l'été, on continuait à se reluquer sur les boulevards. Si c'était l'hiver, il faisait froid, il faisait nuit, on rentrait chez soi. Et chez moi ma mère me disait : « Enlève ta jolie veste pour rester ici. » J'enlevais ma jolie veste et on l'enfermait avec des boules de camphre.

En 1920, au cours d'un déménagement, j'ai retrouvé cette veste intacte, comme neuve, toujours aussi belle, aussi savonneuse mais elle ne m'allait plus. Je n'en ai jamais profité comme il faut.

Par contre, en 1919, quand j'ai été démobilisé, j'ai touché mon pécule et l'argent du complet Abrami.

C'était un costume civil qu'on donnait aux soldats démobilisés. Ceux qui ne le voulaient pas touchaient je ne sais combien : cinquante ou soixante francs. Le fait est que je me trouvais civil, libre, et à la tête de cent quatre-vingts francs environ. Mon premier travail fut de me payer un extraordinaire gueuleton (je m'en lèche encore les babines) avec tout ce que j'aimais, mélangé et en grosse quantité (j'ai dû être malade d'ailleurs, mais je ne pense jamais à cette maladie qu'avec émotion) : langouste, tripes à la mode de Caen, bœuf en daube, tout... Puis, déambulant, béat, devant les vitrines de la ville, j'avisai un admirable chapeau en taupé de velours. Il valait ce qui me restait en poche. Je l'ai acheté sans hésitation ni murmure. Je me le suis collé sur la tête et, dimanche ou pas, il y est resté tant qu'il a tenu. Il m'a donné le plus grand plaisir. Cette fois-là, je n'ai pas été volé. Mais cette fois-là seulement.

D'un usage courant

Machiavel a fait peur pendant des siècles. De son nom propre on a tiré des noms communs terribles et un adjectif effroyable. De bons apôtres ont tripoté les armes de son arsenal en poussant des cris d'indignation. Le grand Frédéric, qui n'était pas grand pour des prunes, écrivit l'*Anti-Machiavel.* Talleyrand, qui n'était pas né de la dernière pluie, imagina qu'on avait trouvé un Machiavel annoté dans la calèche de Napoléon prise à Waterloo. La clameur de haro s'est élevée de tous les côtés. Dès qu'on ouvrait son œuf par le petit bout chez les grosboutiens on criait : « Machiavel ! » ; dès qu'un salaud trébuchait dans une saloperie plus grande que la sienne, il criait : « Machiavel ! » ; si on échappait à des filets en les déchirant à coups de sabre, ou tout doucement avec des ciseaux, on était appelé Machiavel. On entretient un malentendu : on fait croire que le machiavélisme est l'art de tromper ; c'est au contraire l'art de ne pas tromper.

Tout vient de ce que nous avons une très haute opinion de nous-même et que cette opinion est trop haute. Machiavel n'est qu'un mathématicien. Il dit : deux et deux font quatre. Un chiffre ou la combinaison de ce chiffre avec d'autres n'est ni moral ni amoral :

c'est un chiffre, c'est-à-dire un caractère qui représente des nombres. Machiavel dit : « Si vous voulez obtenir quatre il faut : ou quatre fois un, ou deux fois deux, ou trois et un ; il n'y a pas à sortir de là. » Vous voulez jouer au golf ? Le professeur vous donnera une position de pieds, une position de mains dont il sait qu'elles sont les plus efficaces à ce jeu et dans la circonstance. C'est pareil pour tout. On ne fait pas de la comptabilité avec une flûte ; on ne joue pas de la flûte avec une queue de billard et on ne joue pas au billard avec une fusée interplanétaire. Il y a des règles pour tout, c'est-à-dire que dans tout il y a ce qui sert à diriger, à conduire, à régir, à mettre bon ordre. Le machiavélique n'est pas celui qui éclaire les règles : c'est celui qui veut obtenir ce qu'on n'obtient qu'avec ces règles. Deux et deux font quatre, dit Machiavel, mais je ne vous oblige pas à vouloir quatre. Qui vous oblige ? vous-même !

C'est ainsi qu'on enlève le duc d'Enghien, qu'on assassine le duc de Guise, qu'on interprète la dépêche d'Ems, qu'on donne quatre sous à Ravaillac, qu'on fait monter les girondins à l'échafaud, qu'on organise le procès des « droitiers », qu'on établit des statistiques, qu'on s'embusque à Sarajevo, qu'on entrelace des ronds de cuir, qu'on recrute la cavalerie de Cromwell, qu'on propose des médiations, qu'on prépare les Ides de Mars, qu'on voit un fantôme sur les terrasses d'Elseneur, qu'on sivisse pacem, qu'on panemme et circensesse, qu'on supporte le subtil pouvoir érotique du vêtement, qu'on ferme le guichet de Port-Royal, qu'on écrit la correspondance de Voltaire, qu'on baptise Clovis, qu'on tue Kléber, qu'on réprime la révolte des Boxers, qu'on accueille le président Kruger à Marseille, qu'on marie la reine Jeanne, qu'on

embauche Hercule, qu'on escamote Koutiepof, qu'on
donne à boire tout ce qui coule de source, qu'on tombe
sur le chemin de Damas, qu'on prêche la croisade,
qu'on chasse le Cid, qu'on chante gloria devant les
lions, qu'on prépare les programmes de la Télévision,
que Cortés se fait passer pour un dieu, que Charles
Quint se sert de Luther pour diviser, que Philippe
Auguste abandonne Richard d'Angleterre, que Cathe-
rine de Médicis fait semblant d'être protestante, qu'on
enlève Argoud, que les ministres des rois ne dépouil-
lent pas leurs passions quand ils sont élevés à la
confiance de leurs princes, qu'on donne un sens à
l'histoire, qu'on cultive l'éloquence, qu'on élève des
martyrs comme des poulets, que Mahomet change son
épilepsie en extase, qu'on invente la raison d'État, la
sagesse des nations, le stoïcisme, les Évangiles, le
Coran, le Capital, l'Histoire de France, le tambour
d'Arcole, le chevalier d'Assas, « Debout les morts ! »,
les cavaliers de Reichshoffen, les lanciers du Bengale,
les astronautes, les hommes-grenouilles, les détectives
privés, James Bond et le protêt des effets de commerce.

Pour user de ruse et de perfidie, il ne s'agit pas d'être
Ulric le bien-aimé ou Eberhard le pieux. J'en connais
qui en usent et abusent et ne sont pas princes ; sans
parler de ceux dont le nom est sur toutes les bouches.
Du temps où j'étais employé de banque, j'ai connu de
petits commerçants, et surtout un qui en aurait
remontré à Machiavel. Par parenthèses, ce pauvre
Machiavel était l'homme le plus doux, le plus simple,
le plus pauvre, le plus grugé qui soit, le plus « philosophe » dans le sens que le peuple donne à ce mot,
c'est-à-dire l'homme qui avait le moins besoin de
machiavélisme pour vivre. On le voit bien après le sac
de Prato par les Espagnols à la solde des Médicis.

Florence lui tombe dans les mains. Que ne ferait pas
Borgia? Lui ne fait rien; il expédie les affaires
courantes; il se laisse arrêter et fourrer en prison.

Mais revenons à mon commerçant, un épicier en
l'occurrence. Lui n'avait pas besoin du sac de Prato, il
lui suffisait d'avoir à payer des traites : ce qui arrivait
deux fois par mois. Je me présentais chez lui et la
comédie commençait. D'abord c'était : « Je passerai
au bureau demain. » Le lendemain il venait, mais pour
aller voir le directeur, devant lequel il jouait une petite
scène de comédie, jamais la même, toujours très bien
jouée, très au point. On savait de quoi il s'agissait : il
donnait ces séances depuis vingt ans. On s'y laissait
prendre chaque fois. Sa fille était à l'agonie. (On la
voyait danser au bal le dimanche d'après et les
hommes se battaient pour elle.) Il avait dû aider le
frère de sa femme (le malheur de la famille, monsieur
le Directeur!). Il était sur le point de réaliser une
magnifique affaire. (Une fois il nous parla d'un
« brûleur de café synthétique ». Pourquoi synthétique,
mon Dieu! Ce mot fit merveille.) Il avait écrit à la
« maison » (ce n'était pas vrai : la « maison » faisait
feu des quatre fers) et ainsi de suite, se renouvelant de
quinzaine en quinzaine, pendant des années, avec tant
de génie qu'on se disait chaque fois : « Et si cette fois
c'était vrai ? » Il obtenait des délais. Au bout de la
corde il fallait sauter. Tout le monde sautait. Il ne
sautait pas. Il se laissait protester, il rejouait la
comédie devant l'huissier, une autre que celle qu'il
nous avait jouée; il n'était pas à court de thèmes. Les
rapports entre l'huissier et nous étaient de toute
beauté : « Je lui ai donné deux jours, disait l'huissier.
Son oncle de Cavaillon est mort et il va toucher une
avance d'hoirie. — Comment, répondions-nous, mais

pas du tout, c'est son cousin de Lyon avec qui il est
associé qui prend toute l'affaire à son compte et va lui
payer ses parts. » Une mère truie n'y aurait pas
retrouvé ses petits.

Or, ce zèbre-là n'était pas pauvre. Il était même très
riche. A quoi servait tout cet art ? A gagner du temps
d'abord (le temps c'est de l'argent — on va voir) ; à
faire peur ensuite. Les créanciers craignaient une
faillite que les innombrables protêts laissaient prévoir
(qui n'arriva jamais). Ils acceptaient des arrange-
ments, des trois quarts, des deux tiers, des cinq
sixièmes pour les coriaces. Notre homme gagnait ainsi
un quart, un tiers, un sixième, et puis du temps. Car,
pour tout dire (mais personne ne le savait), il prêtait à
la petite semaine. Il mettait à sac les ménages à court
d'argent, les petits fermiers, les métayers endettés. Et
là, il était sans pitié. Il avait pour prête-nom un petit
fouille-au-pot des environs qui actionnait à sa place
chaque fois que les échéances tombaient dans le vide.
Il ruina ainsi deux générations de petites gens. Vous
pensez bien qu'il ne fallait pas lui en conter ; il ne
donnait des délais sous aucun prétexte. « Ce n'est pas
à moi, disait-il (ou devait-il dire car tout cela était
secret), à qui il faut raconter des histoires. »

J'en parlais encore il y a quelques jours à sa fille (qui
est de mon âge). Elle s'est très bien mariée, elle a une
famille magnifique, des fils professeurs, médecins, des
petits-enfants superbes, une maison de toute beauté
organisée avec goût ; tout lui réussit. Elle est manifestement sous la bénédiction de Dieu. Elle a, de toute
évidence, suivi l'exemple de son père dans son rayon
d'action et, comme je vous le dis, Dieu n'est pas
contre. « Ah ! me disait-elle, mon père, il est sorti de
rien mais c'était vraiment quelqu'un ! » Les petits-

enfants regardent le portrait de leur aïeul avec vénéra-
tion.

Vivre sans ruse ni perfidie n'est plus possible depuis
que nous savons « dans quelle dangereuse situation
l'homme s'est fourré depuis qu'il ne cherche plus son
image dans l'onde claire des ruisseaux ».

Le temps

Pour moi, maintenant, le temps passe plus vite qu'aux alentours de 1905. A cette époque, je déchiffrais la vie, mot à mot ; aujourd'hui je la lis rapidement du coin de l'œil (souvent même je l'interprète en une sorte de sténographie). En vieillissant on abrège. Est-ce de la hâte ? Peut-être. Les jeux sont-ils faits ? On ne le dirait pas ; ma curiosité ne s'est pas émoussée ni ma faculté d'enthousiasme. Pourtant je vais vite. J'en déduis qu'il faut conclure. J'ai toujours le droit de choisir mon raisonnement mais je ne peux plus l'employer qu'en proportion de la fin.

Tout cela est bien. Si le temps durait, que ferais-je de mes douleurs physiques ? Je me souviens d'un petit camarade que j'allais voir le jeudi après-midi quand j'avais dix, douze ans. Il était cloué au lit depuis des mois par une maladie qui le faisait cruellement souffrir. On n'avait pas à cette époque les moyens qu'on a désormais pour apaiser la douleur. Je revois ce visage pâle, maigre et vieux. Nous allions tous, les uns les autres, à tour de rôle lui tenir compagnie. Il disait : « On va être à Pâques. » Nous disions : « On n'est pas encore à Pâques ! » Ces mois entre Noël et Pâques se

traînaient interminablement. Janvier n'en finissait
plus. La première étude était de sept à huit le matin,
au collège où j'étais externe. Ma mère me réveillait à
six heures. Je me recroquevillais dans le lit jusqu'à
l'extrême limite, puis j'entendais crier mon nom du
fond de la cour et je me levais. Il faisait nuit. Notre
chambre n'était pas chauffée (je couchais dans la
chambre de mes parents) et ne le fut jamais ; elle ne
pouvait pas l'être, il n'y avait pas de cheminée. Quand
j'étais malade (des angines : j'avais la gorge fragile, et
au surplus la région : un carrefour de vallées prédisposait aux angines), on se risquait à mettre au milieu de
la chambre un brasero qui élevait la température d'un
degré ou deux en sentant mauvais. J'avais une bougie
sur ma table de toilette, un broc d'eau glacée ; je me
frottais le bout du nez.

Je descendais mes deux étages dans le noir. Je n'ai
jamais eu peur le matin ; le soir, si je montais ces
escaliers assez étranges tout seul, j'avais peur. La
maison que nous habitions avait été jusqu'à la Révolution l'annexe d'un couvent de Franciscains. En bas je
traversais la cour où il fallait se méfier car l'eau de
l'évier y gelait ; j'entrais dans la cuisine où le poêle
ronflait. L'odeur du café, la lumière rousse de la lampe
à pétrole, ma mère, fraîche, mon père, sa barbe
blanche, ses bons yeux. La journée commençait à
peine, j'avais déjà vécu longtemps.

Maintenant, à six heures du matin, je dors. J'aime
dormir et il m'est recommandé de le faire. Mais dans le
sommeil le temps passe vite ; il n'est plus obligé de
traverser une matière qui le freine, il va à vau-l'eau, il
se disperse. D'aucuns prétendent qu'il se perd, ce n'est
pas mon avis mais, par la vitesse avec laquelle il passe,
il donne en effet l'impression qu'il se perd, comme on

dit d'une eau qu'elle se perd quand elle est bue par la terre (or c'est en fait la seule façon qu'elle a de ne pas se perdre).

Vers sept heures moins le quart j'avais lampé, ou plutôt mangé mon café au lait car je remplissais mon bol de pain jusqu'à ce qu'il n'y ait plus une goutte de liquide. Je mettais ma pèlerine, ma mère m'entourait le cou d'un foulard de soie et elle allait à la porte tâter le froid. S'il était ordinaire elle me disait : « Mets ton capuchon. » S'il était extraordinaire elle me disait : « Cours vite et ne respire pas. » Ce que j'essayais vainement de faire.

C'était encore nuit noire. Notre électricité municipale, fournie par une petite usine artisanale qu'on appelait « le moulin à vapeur », était jaune et clignotante. Je remontais la grand-rue en essayant d'éviter les écueils. Il y en avait deux. Le premier à cinquante mètres de chez moi : c'était une épicerie-mercerie. Le magasin était éclairé à l'électricité jaune. Quand j'arrivais dans la flaque de clarté de la vitrine où se dressaient les effigies en carton d'un Nègre marchand de café et d'un Chinois marchand de fil, je bombais le dos, mais j'avais beau m'encafourner dans mon capuchon, un ongle impérieux frappait à la vitre, la porte s'ouvrait et Madame Nicolas apparaissait sur le seuil et m'appelait : « Viens attendre Ernest. » Ernest était de mon âge, à quelques mois près, mais il se levait bien plus tard que moi. En réalité, quand l'épicière m'arrêtait dans la rue, Ernest n'était pas encore levé. Elle allait crier dans l'escalier : « Ernest, lève-toi, Jean est là, il t'attend. » Certes oui, que pouvais-je faire d'autre ? Madame Nicolas avait une réputation de solide commandante — elle ne pliait que devant son fils. Ce n'est pas moi qui allais me mettre à lui résister.

J'avais des devoirs à faire, il me fallait beaucoup de temps pour les faire; je n'étais pas très doué; j'avais des leçons à apprendre. Je comptais sur cette étude de sept à huit et voilà que j'étais cloué (comme au jeu de l'oie) dans l'épicerie à attendre Ernest. Et il était sept heures un quart; puis la demie sonnait, puis Madame Nicolas me disait : « L'horloge avance » pendant que son fils dégustait son chocolat — lui c'était du chocolat. Nous finissions par arriver au collège à huit heures moins cinq, au moment où le concierge sortait de son atelier de cordonnier pour aller sonner la cloche des classes, pendant que le jour se levait.

Combien de fois ai-je maudit Madame Nicolas ! Elle était toujours tirée à quatre épingles, corsage propre, tablier propre, mains nettes. Elle servait la clientèle comme une dame, conseilleuse et condescendante; obséquieuse devant les riches (dont elle faisait partie pourtant) et les puissants, les fonctionnaires, ce qu'on appelait d'une formule qui à cette époque faisait grade : les gens en place. Elle terrorisait les camarades d'Ernest par le brio avec lequel elle les faisait tous passer sous sa férule, les embrigadant dans une sorte de domesticité dont il nous fut très difficile de sortir. Il fallut un coup d'éclat. Elle mobilisa notre ami Alphonse. C'était une forte tête; à seize ans il s'engagea dans la marine. Elle l'envoya chercher je ne sais plus quoi au juste : un litre de lait ou des pieds et paquets qu'une vieille femme cuisinait sur la place Saint-Sauveur, enfin quelque chose de comestible. Tout ce dont je me souviens c'est qu'Alphonse pissa dedans, ostensiblement, puis, pour faire le bon poids, il rossa Ernest.

Si j'échappais à Madame Nicolas, je tombais dans le

piège de Léon, un peu plus loin, sur la place Saint-Charles. Là c'était plus facile, en un sens, d'échapper : il y avait des arbres derrière lesquels je pouvais me dissimuler, à condition que le bureau de tabac ne soit pas encore ouvert, sinon il m'éclairait par-derrière et je n'y coupais pas. Il ne s'agissait plus, cette fois, d'une épicière mais d'un quincaillier. Il était sur le pas de la porte, les mains dans la poche de sarigue de son tablier, éclairé à contre-jour par la haute suspension à pétrole d'une boutique-salle à manger, où j'apercevais le dénommé Léon penché sur son énorme bol de chocolat. (Ici aussi il s'agissait de chocolat. Le chocolat était une sorte de grade supérieur au café au lait. On avait le chocolat du matin comme aujourd'hui on a la rosette.) Le père de Léon, comme la mère d'Ernest, faisait également la retape pour que son fils ne soit pas le seul retardataire, mais comme il était placé, lui, à un confluent de rues, il capturait, chaque matin avant l'aube, cinq à six pauvres bougres comme moi qu'il mettait en réserve près de Léon en train d'engloutir son chocolat.

Finalement, c'était un groupe compact qui se présentait en retard à l'étude. « Vous ne pouvez donc pas vous lever ? » Certes si, je pouvais me lever et je me levais, en fait, sur le coup de six heures et quart, mais le piège Ernest et le piège Léon me faisaient perdre le bénéfice de mes efforts. On me dira : « Mais pourquoi ne pas brutaliser un bon coup la mère Nicolas, comme le fit Alphonse ? Pourquoi obéir au père de Léon ? » Ce n'est pas pour rien que j'ai parlé du chocolat et de mon café au lait. Comment un café au lait aurait-il pu — à l'époque — résister à deux chocolats ? J'ai déjà dit l'arrogance de Madame Nicolas : elle était appuyée sur des valeurs solides ; le directeur de la banque la saluait ; l'évêque, quand il venait pour la confirmation, faisait prendre chez elle un café qu'elle torréfiait elle-même ; on disait ouvertement qu'elle valait plus de cinquante mille francs et elle était loin de le démentir. Je parle d'elle car Monsieur Nicolas existait à peine, juste ce qu'il faut pour sauvegarder les convenances. Ernest avait été fait très rapidement. Quant au père de Léon, en plus des avantages que possédait Madame Nicolas, il était nanti d'un égoïsme de notoriété publique qui lui faisait regarder le reste du monde comme de la crotte de bique. D'une cruauté d'insecte parfaitement inconsciente, on racontait qu'il avait ruiné sans pitié son beau-frère et sa belle-sœur qui avaient eu l'imprudence de lui emprunter de l'argent sans être assurés de pouvoir le lui rendre à l'échéance. Il était de plus mauvaise langue, doué d'un esprit au vitriol qui marquait définitivement ses victimes. Moi je sortais d'une arrière-boutique qui sentait le café ; ma mère m'avait noué autour du cou un petit foulard de soie ; j'avais embrassé la bonne barbe blanche de mon père et je savais que le directeur de la banque ne perdait pas son temps à saluer mes parents, que nous ne valions ni cinquante mille, ni dix mille, même pas mille francs et que l'évêque se foutait de nous comme de sa première chaussette. Nous étions vulnérables et faibles et il ne s'agissait pas, comme disait le père de Léon, de faire le zigoto. C'est pourquoi j'obéissais à l'ongle impératif de Madame Nicolas et qu'il ne fallait pas trop de ruse pour me démasquer derrière les platanes de la place Saint-Charles.

Le temps est fonction des sentiments qu'on éprouve. Je n'étais éveillé que depuis deux heures quand j'arrivais avec mes « riches » à l'étude du matin, mais j'avais déjà beaucoup vécu; j'avais eu le temps de me révolter, de me résigner, d'avoir peur, d'espérer; c'était long; le jour commençait à peine. Et combien de temps encore entre Noël et Pâques! Comme on dit vulgairement : « Je le sentais passer. »

Le voyage

Le XIXᵉ siècle a beaucoup voyagé. Stendhal évidemment, habitué aux postes entre Rome et Paris, aux bateaux sur le Rhône, aux chemins de traverse en France, mais aussi Balzac qui va en diligence en Ukraine, Victor Hugo qui va voir des choses, George Sand, Byron, Shelley, Custine et sa Russie, Boucher de Perthes qui se promène de Lille au fin fond du Maghreb par l'Espagne, pousse jusqu'à Constantinople, revient par le Danube, les Portes de fer, etc., à pied, à cheval, en voiture, en bateau, en palanquin ; Alexandre Dumas qui parcourt la Suisse, l'Italie, l'Arabie, l'Espagne, l'Allemagne, le Caucase, la Syrie, la Russie, etc., à pied également la plupart du temps ; Chateaubriand, quoi qu'on dise (et quoi qu'il dise), le marquis de Virmont, Toppfer, Mme de Rémusat, Jules d'Abrantès, Arago, Victor Jacquemont, Monsieur Perrichon qui représente des milliers d'épiciers en mouvement.

On me répondra que le XXᵉ siècle voyage encore plus. Non, il ne voyage pas, il se fait transporter, il se transporte, c'est tout autre chose, c'est presque le contraire.

Alexandre Dumas, à l'époque de Gustave Doré

(c'est tout dire : il n'y a qu'à voir comment il exprime la montagne dans ses gravures), va à pied du Valais à Chamonix (qu'on appelle encore Chamouny et qui n'est qu'un petit village) ; de Chamouny à la Jungfrau, de là le Gemmi, à la Blunilisalp, etc., à travers les orages qui le trempent, les lieues « de pays » qui l'éreintent, les précipices qui l'enivrent, les neiges qui le submergent, les auberges qui le dilatent, les guides qui lui racontent des histoires, les lits que la fatigue rend délicieux, les repas que l'appétit rend sublimes, dans une exaltation sans cesse renouvelée, une curiosité sans cesse en chasse, un amoncellement extraordinaire de richesses.

L'itinéraire qu'il met alors un an et demi à parcourir, on en vient à bout aujourd'hui en quatre jours, dans des cars « confortables » avec vitres filtrant le soleil, étapes gastronomiques, danses folkloriques, fauteuils à bascule où l'on peut dormir, et l'on ne s'en fait pas faute, le reste étant tellement ennuyeux.

Où est la source si fraîche dont nous parle Dumas qui contenait ces herbes rouges plus belles que le corail ? Où est l'auberge qui avait à son menu les truites qu'on pêchait dans le torrent qui passait devant la porte au moment où vous vous mettiez à table ? Où sont les vieux sages qui racontaient les légendes de cette forêt, de ce marais, de ce sommet solitaire ? Où est le temps qui permettait d'écouter et de voir ?

Les récits de voyage modernes sont brefs, quand il y en a et qu'ils ne sont pas l'ouvrage des fournisseurs de la salle Pleyel. J'ai pris l'avion de bonne heure, je suis arrivé à telle heure ; suivent quelques considérations économiques ou politiques sur le pays où l'on atterrit. Il est de mode de se poser en économiste et en politique à qui on ne la fait pas. Où sont les bidonvilles ? C'est là

que je vais. Où sont les militants de gauche ? C'est eux
que je vais voir, je n'ai pas dépensé cinq cent mille
francs en confort, whisky, aile de poulet et hôtesse pin-
up, pour ne pas au moins m'abreuvrer finalement de
bidonvilles et de militants de gauche (qui se foutent de
moi comme de leur première chaussette).

La « petite source fraîche contenant ces herbes
rouges plus belles que le corail », je ne la vois pas. Je
l'ai sautée. Entre « j'ai pris l'avion à telle heure » et
« je suis arrivé à telle autre », la petite source était sur
le parcours, mais moi j'étais en l'air, et j'allais vite.

« Mon guide croyait que je ne l'avais pas entendu
commencer une seconde tyrolienne, dit Alexandre
Dumas. J'ouvris ma fenêtre et l'écoutai jusqu'au bout.
Je n'avais que mes guêtres à mettre et ma blouse à
passer. A la porte de l'auberge, je trouvai Willer le sac
sur le dos et mon bâton à la main : il me le donna et
nous nous mîmes en route. Voyager, c'est vivre dans
toute la plénitude du mot ; c'est oublier le passé et
l'avenir pour le présent ; c'est respirer à pleine poitrine, jouir de tout, s'emparer de la création comme
d'une chose qui est sienne, c'est chercher dans la terre
des mines d'or », etc.

Le plus drôle, c'est que, faisant ce qu'il dit, il fait en
réalité mille fois plus de bien que nous ne faisons aux
bidonvilles et aux militants de gauche, ne serait-ce
qu'en leur montrant la façon de fouiller les mines d'or
dont il parle.

« Du village de Steptovo au premier relais de poste,
dit Balzac, il y a cinq lieues de Paris que je fis presque
entièrement à pied à travers des prairies fraîches,
émaillées des fleurs les plus vives sous le dôme
chanteur de milliers d'alouettes que le soleil de six
heures du matin faisait lever. »

« Restait à partager cet œuf, dit Stendhal (il est arrivé à l'auberge à Astegiane près de Brescia, un soir d'orage, avec une compagnie qui ne trouve rien à manger). C'est une situation dans laquelle il faut de l'abnégation ou de l'esprit. Notre jeune homme qui n'avait que de l'argent ne s'en tira pas à son avantage. »

« Sur la foi du Drogman, dit Boucher de Perthes, je m'étais engagé dans le chemin bordé de haies qui, au bout d'une heure de marche très pénible dans une sorte de poussière de plâtre plus fine que de la farine, me renferma dans le cul-de-sac de cinq ou six misérables jardins pleins de chiens déchaînés d'une férocité de loup et manifestement affamés. »

« Il frappa sur le coffre du coupé avec le manche de son fouet, dit Mme de Rémusat voyageant du côté du Puy-en-Velay, c'était pour nous dire que les chevaux refusaient de monter, et qu'il fallait mettre pied à terre. Même les dames, ajouta-t-il d'une voix forte. »

« Le canot nous mena à la côte, écrit à son père Victor Jacquemont qui mit six mois pour aller du Havre à Calcutta. Nous rencontrâmes de très gros rouleaux. Malgré la nage vigoureuse de nos lascars et l'habileté du quartier-maître, nous fûmes éparpillés sur la plage de cette île qui paraissait être inhabitée. Elle l'est en effet. Ce n'est qu'un petit, en réalité qu'un gros rocher. Il s'appelle San Joao. » Suivent sur ce gros rocher des détails très savoureux. Il est inhabité mais Jacquemont y trouve des plantes extra-ordinaires et y observe deux gros oiseaux qu'il n'iden-tifie pas, mais dont le comportement singulier l'enchante.

Qui, aujourd'hui, allant du Havre à Calcutta, a le temps de découvrir des plantes extraordinaires et d'observer le comportement d'oiseaux singuliers ? Or, le bonheur en est pétri.

Il y a une dizaine d'années, deux Américains qui habitaient Madrid eurent l'idée de faire un film avec le livre que Juan Ramón Jiménez écrivit sur un petit âne couleur d'argent. Ils me demandèrent d'adapter ce livre. C'était difficile. Il fallait connaître les lieux où se passait non pas l'action, il n'y en avait pas à proprement parler, mais le développement des poèmes composant le livre, c'est-à-dire Moguer (le fameux Moguer de José Maria de Heredia), au sud de Séville sur l'estuaire de l'Odiel. « Qu'à cela ne tienne, me disent les Américains : prenez l'avion à Nice, on vous attend à Madrid. Nous prendrons ensuite l'avion pour Séville. — Comment, répondis-je, il faut que je connaisse l'Espagne, et vous voulez me la faire sauter ? J'irai à Madrid par le train et de là nous irons à Moguer, par petites étapes, en auto si vous voulez. » Ce qui fut fait. (Ils avaient compris mes raisons.) En arrivant à Moguer ils me dirent : « Il y a cinq ans que nous vadrouillons en Espagne, du nord au sud, et de l'est à l'ouest en avion. Nous ne connaissons pas le pays. On croyait ce film très facile, il ne l'est pas. »

Les sentiers battus

J'ai entre les mains un livre charmant. Il a été écrit vers 1860 par un nommé Calsedonio Casella, que j'ai appris depuis être un jésuite ignorant que ses confrères avaient reconnu trop bête pour l'occuper à autre chose. Le livre est intitulé *Napoli senza sole*, Naples sans soleil : et c'est le livre le plus intelligent que je connaisse ; il contient un art de vivre extraordinaire. Grâce à lui, on peut, dans Naples, partir d'où on voudra et aller où cela fera plaisir, à n'importe quel moment de la matinée ou de l'après-midi, sans avoir à toucher un seul rayon de soleil. On peut se promener du Ponte della Maddalena au Pausilippe, de la Vicaria à Saint Elme en restant à l'ombre. C'est dans ce livre que se trouve la célèbre formule : « Le soleil, c'est pour les Anglais » ; sous-entendu : nous qui savons vivre nous restons à l'ombre.

Chaque fois que je reçois des visiteurs, ils s'extasient sur le soleil, l'ardent soleil, le ciel bleu, etc., chaque fois ils sont stupéfaits quand je leur dis : « Ce soleil m'agace. Ce ciel bleu est vide, je préférerais quelques nuages. De la fraîcheur et de l'ombre. » C'est que je suis du Sud et qu'ils sont du Nord. C'est aussi que, sans se donner la peine de savoir où est leur bonheur, ils marchent dans des sentiers battus.

Tout est pour le soleil aujourd'hui : il est paraît-il la santé, la beauté, la joie. Ceux qui le connaissent vraiment savent qu'il est générateur de pourriture, que la beauté n'est qu'une affaire de mode ; que rien n'est sinistre comme la lumière de deux heures de l'après-midi.

Quand, dans mon Sud, je rencontre un homme ou une femme bronzés, je dis : ce sont des étrangers, des gens du Nord. Ici, pour aller à son travail en plein champ et en plein soleil, le paysan s'emmitoufle, se couvre, s'abrite sous un chapeau. Les rues de son village sont étroites, les fenêtres de sa maison sont petites, pour que l'ombre soit chez lui épaisse, fraîche et noire. C'est dans cette ombre qu'il vit. Je comprends fort bien mon cher Calsedonio Casella et je sais qu'il était plus savant que ne le croyaient ses confrères. Savant en art de vivre.

Car il n'est pas vrai que mon Nordique soit à son aise, torse nu, tête nue, et parfois tout nu en plein soleil. Il n'y a qu'à le voir : il se force, il est cuit comme un homard. C'est de lui (s'il avait pu le voir) que Mallarmé dirait qu'il est le cardinal des mers. Ils ont généralement des pifs extravagants, rougis de lèpre, avec de grands lambeaux de peau qui se détachent, des joues passées à la braise ; quand ils enlèvent leurs lunettes noires, ils montrent de pauvres yeux larmoyants. On ne peut pas dire qu'ils ont le visage du bonheur, même ceux qui à force de crème et de pommade sont parvenus à garder un peu de peau qui alors est brune couleur café au lait (ce qu'on obtient encore plus facilement et plus solidement avec du métissage), même ceux-là ne sont pas gais. Ils ont tellement l'impression qu'ils sont « virils » (même les dames) qu'ils arborent le masque des brutes dans le cirque.

D'une autre allure est l'Arabe du Sahara, ou l'Hidalgo, ou tel Calabrais vivant à l'ombre, d'un teint de lis à peine un peu gris, les mains blanches, l'œil vif; leur peau, sensibilisée par la fraîcheur, est un magnifique appareil de jouissance. Ils ne sortent que dans l'extrême matin et l'extrême soir; le reste du temps, ils le passent à l'ombre dans des maisons construites pour l'ombre, où, avec beaucoup d'une vieille malice habituée à jouir, ils font pénétrer quelques rayons brisés de lumière, grâce auxquels toutes les couleurs des ténèbres (des rouges exquis, des bleus divins, des jaunes « amarillos ») apparaissent et disparaissent comme des génies des Mille et Une Nuits.

La Côte d'Azur l'hiver est un séjour de roi. Et je ne mets pas ici le mot roi par hasard. Il faut être roi de quelque royaume, fût-il intérieur, pour prendre plaisir aux jours courts, aux alternances de rafales grises et d'après-midi couleur d'abricot, aux ciels mouvants, aux chauds-froids, aux crépuscules de quatre heures de l'après-midi.

De même la montagne en été. Je connais un homme (qui ne le connaît pas?) qui ne va à la montagne qu'en hiver, qui sait parfaitement skier, c'est-à-dire glisser sur une pente au sommet de laquelle il s'est fait remonter mécaniquement, et qui n'a jamais vu de lys martagon, n'en a jamais senti l'anis; il n'a jamais vu voler l'apollon avec ses ailes tachées de sang.

Les sentiers battus n'offrent guère de ressource; les autres en sont pleins.

Je lis dans le *Geographic Magazine* une annonce pour un hôtel de Detroit (U.S.A.). C'est le Book Cadillac Hotel, et l'annonce est rédigée de la façon suivante :

« Venez nous voir pendant l'hiver. Notre ville est sans aucun intérêt, elle n'a ni monuments historiques, ni musée de valeur, ni quartier de plaisir. Il y fait très froid ; il y pleut souvent ou bien il neige, d'une neige de ville sans attrait. Notre hôtel est organisé pour vous donner tous les plaisirs d'un intérieur douillet. Nos lits ont été étudiés pour fournir le plus grand confort possible et surtout pour être des endroits de lecture. Lire au lit dans le silence, la paix, la chaleur et la lumière la mieux adaptée est un des plus grands plaisirs de la terre. Notre bibliothèque comprend vingt mille volumes. Un catalogue précis et clair vous permet de choisir le livre que vous désirez. Dix bibliothécaires qualifiés vous aideront dans vos choix si vous le désirez. Le Book Cadillac Hotel est l'hôtel où l'on a le temps de lire dans le confort le plus absolu, sans être dérangé par aucune tentation extérieure. »

Cet hôtel m'enchante. Si j'étais aux États-Unis, j'attendrais l'hiver pour aller à Detroit au Book Cadillac Hotel. En voilà un qui est hors des sentiers battus. Et comme ce qu'il fait miroiter paraît savoureux (et doit l'être) !

Le froid, la neige, la bouillaque, le vent coupant, le gel noir, et, dès la porte franchie, le hall chaud, le silence, la paix, des livres, un lit profond, des oreillers sous les épaules, une bonne lumière tamisée, le temps aboli et l'extraordinaire vitesse de l'imagination qui vous emporte.

A ma connaissance, c'est le seul hôtel de ce genre au monde. Il n'y en a pas en Russie : c'est dommage !

Châteaux en Italie*

L'architecture n'est pas tout, il faut un accord avec un ciel, une lumière et même une vertu ; plus spécialement cette « virtù », italienne en diable, qui est une volupté de l'âme.

La Via Garibaldi de Gênes, qui fut à l'origine Strada Maggiora, puis Strada Aurea, que Mme de Staël appelait la rue des Rois et qui fut percée en 1550 sans desseins de gloire, simplement pour assainir un quartier de cabanes et de ruelles, mettez-la à Édimbourg (cependant une des plus belles villes du Nord), elle ne sera plus que Prince Street. Ici elle s'irise ; les épures et les truelles de Cantone de Cobio, de Galeazzo Alessi, de Rocco Lurago, de Giovan Battista Castello et de Parodi n'auraient pas réussi à lui donner son iris si elles ne s'étaient pas mises d'accord, en premier lieu, avec cette mer (et non pas une autre), ce ciel, ces escarpements, ces vents du Piémont et les lointaines lueurs lombardes. Que serait Bologne si ses architectes n'avaient pas tenu compte du scintillement des peupliers émiliens ? Et Ravenne, s'ils ne s'étaient pas soumis au sable des dunes ? Et Venise, s'ils

* Préface à *Merveilles des palais italiens*, Hachette, coll. « Réalités ».

n'avaient pas été attentifs au clapotement des lagunes et aux orages serbes ? Rome était Rome avant les Romains avec ses maremmes rousses, ses chênes vermeils, ses horizons secs, mais la vertu de ses ouvriers fut de savoir qu'on ne pouvait pas bâtir n'importe quoi dans cette arène, et qu'avant de se servir de fil à plomb, il fallait écouter, voir et sentir.

Tant vaut le cœur, tant vaut le toit. Le Colleone n'habiterait pas Sarcelles ; les grottes de Lascaux ne sont pas n'importe quel trou. Fut un temps où, quand on courait au plus pressé, ce plus pressé était la beauté : on exigea le péristyle avant le bloc sanitaire, et précisément pour hygiène de l'âme.

Tel vallon des Apennins florentins conseille la villa un peu guindée, nue jusqu'à trois mètres au-dessus du sol, les fenêtres étroites et ferrées de ronces, toutes ouvertes du côté de l'aval des pentes, sauf les dernières au ras du toit qui peuvent (qui doivent même) s'élargir en galeries d'où l'on surveille. Si on se dit qu'aujourd'hui il n'y a plus d'enfants perdus pour battre l'estrade, que les voisins arrogants ne peuvent plus attaquer qu'en justice et qu'après tout, pourquoi, au siècle des fusées, ne pas construire ici une « maison de verre », on s'aperçoit, si on s'écoute (et si on la construit), qu'elle ne remplit pas son rôle de maison ; un soir, un crépuscule couleur de bronze avec du sang dans les hauteurs pénètre un peu trop par les grandes baies ; un jour, on entend trop l'aboiement des renards, le vent, le grondement des horizons ; un matin, on voit trop clair ; un après-midi, la pluie soulève trop d'odeurs ou trop de soleil, bref c'est un désaccord général avec l'ordre de tout temps établi sans lequel avant toute chose on ne peut vivre en paix.

L'Italie a toujours été très habile à comprendre cet

« avant toute chose ». On a beau voltiger autour de la lune, il y a la terre sur laquelle on est obligé d'avoir les pieds. Les jours sont faits de milliers de petits moments vivants avec lesquels il faut constamment s'accorder. La Méditerranée (Phéniciens, Grecs, Crétois, etc.) avait divinisé ces moments. Puis, on a fait courir le bruit que Pan était mort. C'était faux, les gens avertis n'ont pas tardé à le savoir.

Les mathématiques sont belles, mais il y a à l'est de l'endroit où je vais bâtir un bois d'yeuses ; et ces chênes à feuilles dures réfléchissent la chaleur comme un miroir, il faut en tenir compte : c'est de là que chaque matin, avec la montée du soleil, viendra, en plein été, un air torride. Deux et deux font quatre, mais voilà les peupliers mélancoliques : si j'aime la mélancolie, bravo ! si j'en ai peur, deux et deux ne feront plus que trois, et la solution ne sera sûrement pas de couper les peupliers, ce serait trop simple. « Les dieux ne sont jamais simples. »

Voilà de quoi est faite la grâce italienne. Elle ne compte jamais sur la simplicité des dieux : elle sait que les mathématiques ne sont que le refuge de ceux qui manquent d'amour. (Étudiez les mathématiques, dit la courtisane à Rousseau resté court.) La grâce italienne a l'intelligence de ce qu'il faut faire passer avant toute chose.

Le Piémont dans son demi-cercle d'Alpes et de Mont-Blanc, ses bosquets de peupliers, ses torrents d'écume, ses escarpements, ses collines vermeilles, ses vignes, ses petites routes bordées de roseaux, élève de larges façades sévères, ouvre des vestibules semblables à des gorges de baleine, dresse des escaliers qui, de volées en volées, s'élancent vers les jours de souffrance des ciels ouverts striés de gris. Tout ce qui manque aux vignobles d'Asti, aux gémissements nocturnes des grands aulnes d'Alexandrie, aux collines sourcilleuses de Savone, il le met dans l'architecture de ses palais, de ses châteaux, de ses villas, dans l'ordonnance de ses jardins. On ne peut pas s'y tromper : rien de ce qui a été construit ici ne peut sans dommage, sans périr, se transplanter ailleurs ; le complément ne concorderait plus, le compte du cœur ne serait plus juste.

Il en est de même à Bologne, à Mantoue, à Florence, à Pise, à Rome, à Naples, jusque dans les petites villes enfouies dans des vallons embrouillés, jusque dans les bourgs perdus loin des foules, où la poussière des chemins n'est soulevée que que par le vent, jusque dans les villages effacés par le mimétisme de leurs pierres. Ces palais, ces châteaux, ces villas, ces jardins n'ont pas été dessinés puis construits pour la gloriole, mais pour la jouissance égoïste (et souvent solitaire).

Ce bassin où pleure une fontaine, s'il est engoncé dans des murailles roulées comme des conques de limaçons, c'est pour que le bruit de ces pleurs, amplifié et embelli d'ombres sonores et d'échos, vienne toucher de nostalgies ces courtines au fond de la chambre du Nord. Il y avait là, sans doute, quelque dame, ou quelque soldat, voire quelque évêque ou cardinal qui aimait le rêve mélancolique. Sans préjudice pour les uns et les autres de leur naturelle ou nécessaire cruauté, à quoi répondaient un corps de bâtiment musclé, des labyrinthes de buis, des paliers et des redans à spadassins.

A quelques kilomètres de Rome, un chemin tourne dans des collines basses au milieu d'une forêt de petits chênes. Une cigale, une seule. Un ciel de plâtre. Dans cette aridité blême où rien n'a de couleur, se dresse une villa de « plaisance » ; et de fait, tout y concourt à faire de ce désert un plaisir. Depuis les murs de travertin dont le roux s'accorde avec le gris funèbre, l'adoucit et lui donne son paradis, jusqu'aux fenêtres aux petites vitres cerclées de plomb, tout est construit en fonction de cette poussière, de cet air torride, de cet assaut permanent de la chaleur et de l'éblouissante lumière. L'intérieur est couleur de fruit, de ces fruits d'automne, dans le jus desquels se devine déjà l'hiver ; il ne s'agit pas d'un badigeon, mais d'un entrecroisement de rayons contrariés, qui s'appuyant les uns sur les autres finissent par donner à leur miroitement (qui jamais ne déchire l'ombre, mais l'illumine) ce rouge de cinabre qui rassure l'œil et l'amuse. Cette couleur ne vient pas du peintre, mais de l'architecte qui a combiné judicieusement à la fois la surface de ces ouvertures et leur orientation. Dans ces lueurs, les escaliers s'élancent comme des prèles, les couloirs s'enfoncent comme des halliers touffus, les crépis scintillent comme la profondeur des forêts ; un bien-être d'imagination vous soulage de la dureté des déserts extérieurs.

Autour de Brescia et de Vérone, autour des lacs, le long du Mincio dans les roseaux des marécages mantouans, au milieu des vignes virgiliennes qui chargent les arbres des vergers de Vicence, parmi les aulnes et les trembles du Pô, dorment les vastes maisons sombres, les grands jardins dorés qu'un art de vivre a dessinés, d'abord dans les cœurs. Longtemps avant que l'architecte ait alerté les ouvriers et les manœuvres, avant même que les règles aient soutenu le trait de la première épure, la villa, le château, le palais, la pelouse, les labyrinthes, les bois taillis, les tapis de cartes, les roseraies, les damiers multicolores, les bosquets du paysage composé ont existé dans les

esprits qui désiraient posséder ces puissants outils à
bonheur. Longtemps l'idée en a été rêvée, puis cares-
sée, même quand elle appartenait à quelque puissant
seigneur ou banquier, qui n'avait qu'un mot à dire
pour voir son rêve se réaliser. Le mot n'a pas été dit
tout de suite : on a « avant toute chose » demandé
conseil au pays, aux saisons, aux ciels, à la rose des
vents, on a savamment multiplié les occasions de jouir
et ce n'est qu'après le compte fait et bien fait qu'on a
choisi le maître d'œuvre, le maçon, jusqu'au manœu-
vre, puis la pierre et ses tailleurs, puis le bois et ses
charpentiers, l'argile et ses céramistes, le plâtre et ses
plâtriers, les terres et les fresquistes, confrontant à
chaque instant l'architecture à dresser avec le monde
déjà debout, pour qu'il y ait entre eux accord parfait.

C'est peu de dire (bêtement, au surplus) que ces
maisons ont une âme, ce sont des personnes physiques.
Il n'y a qu'à voir par exemple « la Palazzina di
Caccia » de Stupinigi, près de Turin. C'est un courtisan baroque ; il exerce sa fonction de cour ; on le
surprend à l'œuvre dans ses hautes frondaisons. Il
s'occupe de la dignité des chasses ducales ; il ordonne
les fêtes, les bals, les merveilles de la vénerie. On voit
ses chiens requérir et lancer le cerf, on entend ses
valets faire chanson de la trompe, c'est une « palazzine » qui parle de volerie d'oiseaux battant la nue, de
lièvre charmé, de sanglier qui tient l'aboi, de loup de
nuit, de veneurs chargés de massacres. On imagine
très bien cette « palazzine » en train de se balader dans
les forêts alpestres à la poursuite de l'ours ou du
chamois.

A Vicence, Mgr Paolo Almerico, référendaire des
papes Pie IV et Pie V, fait dessiner par Palladio une
villa qui sera, à son idée, le refuge de sa vieillesse ; une

vieillesse où il ne veut plus avoir aucun problème de
préséance à régler. « Faites-moi, dit-il à l'architecte,
des salles " démocratiques " » ; et en prononçant ce
mot il arrondit son geste en rotonde. C'est la villa dite
« Rotonda ».

Car tous ces palais et ces jardins sont avant tout des
jeux comme les échecs, les dames, les jonchets, les
cartes, avant même que d'être des abris, des refuges,
des châteaux forts ou même des gloires.

Le condottiere qui laisse pour l'instant sa bande, son
camp, vient jouer avec sa maison. Il faut qu'elle
conserve l'air guerrier, mais avec des tendresses. Les
subtilités de tous les moments du jour dont le soldat ne
peut pas profiter sous la tente ou sous la ramée, il vient
les chercher chez lui, dans ces couloirs, ces trompe-
l'œil, ces immenses salons où retentit son pas. Il se
ménage des ombres à sa taille, des échos dont son âme
interprète le retentissement au mieux de cette joie
italienne qui consiste à analyser l'instant jusque dans
ses plus petites parties. Ce qui pour les autres n'est
qu'une seconde est pour lui une succession infinie
d'occasions de sentir.

Ainsi jouent le condottiere et le cardinal, la patri-
cienne, le riche marchand, le banquier, le duc, le
prince, le roi. Pour les uns il s'agira de reflets dans
l'ombre, pour les autres de couloirs, d'escaliers, de
salle de bal, de vestibules, de terrasses, de tours, de
balcons, de belvédères, de souterrains, de portes
secrètes, de passages dissimulés, de forêts, de colonnes,
de crépis, d'enduits, de fresques, de marbres, de bois
nobles, de gypseries.

Aux robes de brocart de celle-ci il faudra les
parquets de pierres miroitantes, les robes cardinalices
de celui-là exigeront les lambris de platane ou de

citronnier. Un tel qui brûle du charbon de bois dans les braseros de son comptoir voudra une cheminée capable de digérer un chêne ; tel autre qui d'ordinaire chevauche à la tête de ses lances dans la désolation des collines rasées, se « payera le luxe » de larges fenêtres (« à dix mètres de hauteur ») ouvertes sur des saules pleureurs, de l'herbe épaisse, des fontaines gorgiasses. Ce petit gros en béret de velours, aux doigts usés par le boulier, demandera des allégories bien généreuses, des Vénus (déguisées en madones), des nymphes abondamment pourvues de chair, des chambres étroites, des alcôves, des murs historiés qui imitent la profondeur des forêts ; ce grand sec dont les articulations craquent plus fort que les jointures de ses cuirasses, il lui faut de larges escaliers aux petites marches plates, de profondes fenêtres encadrées de bancs de pierre, de vastes espaces, de hauts plafonds, d'immenses pièces où il peut boitiller sans vergogne, des coins entourés de paravents où il peut chauffer ses douleurs, enroulé sur lui-même comme un chien (c'est le cas pour le palais de Cangrande à Vérone).

Moins que ses aises, on cherche son plaisir. Si la maison (c'est palais que je veux dire, mais avec ces recettes, la maison est toujours un palais), si la maison n'est belle que de l'extérieur, ce sont les autres qui en profitent. Ici les extérieurs n'ont été conçus que comme des costumes (ce qu'ils sont), mais les intérieurs sont des âmes habitables. On se met dans la peau de... Étant dans la peau de... on pense comme... on jouit comme un tel, une telle, qu'on voudrait être, qu'on est par la grâce de l'architecte et des corps de métiers annexes. Au lieu d'aller se faire fabriquer une âme par le philosophe, on construit un lieu clos dont les proportions vous donnent (provisoirement d'abord) l'âme désirée.

C'est ainsi que tel comportement des Médicis s'explique par tant de mètres de façades, tant de tonnes de pierres, taillées en diamant ; que les Este et les Gonzague se jalousent par palais interposés ; que les Borromée se haussent le col en hérissant leurs balustres de nymphes, de déesses et de Romains, que le Farnèse de Caprarola dévoile naïvement la tyrannie au fond de son cœur ; que l'Orsini de Bomarzo inquiète, que l'Este de Cennobbio et le Crivelli de Inverizo rassurent, que le Bombici de Florence séduit.

Autant de palais, de châteaux, de villas, autant de victoires dérobées sur l'humaine condition. De Gênes à Naples, de Turin à Venise, de Bologne à Rome, de Ravenne à Grossetto, les passions se sont, de cette façon, cristallisées : là au bord d'un chemin, ici sur le sommet d'une colline, ailleurs dans les bosquets des plaines, quelquefois au bord des eaux courantes, d'autres fois dans les solitudes et les déserts. Celui-ci fut un orgueilleux, celui-là un vantard, voici l'héroï-que, voilà l'amoureux ; les uns ont immortalisé leur bravoure, les autres leur jalousie. Semblables à ces coques blondes que les cigales laissent accrochées en naissant à ces brins d'herbe ou à l'aspérité des écorces, et qui reproduisent jusque dans le plus petit détail la forme de l'insecte, les châteaux, palais et villas accrochés au relief d'Italie nous permettent aujour-d'hui de connaître dans le plus petit détail les passions des maîtres qui les firent édifier.

Le persil

On prétend que nous allons vers une civilisation libérale. Nous allons vers une civilisation de la conserve, c'est le contraire. On ne compte plus les barrages derrière lesquels nous conservons de l'eau, les machines électroniques dans lesquelles nous conservons de la mémoire, les disques où nous conservons des voix, de la musique, des sons ; les robots, les fusées où nous conservons des gestes, des actes ; les cinémas où nous conservons des images. Il n'est pas rare, aujourd'hui, d'assister à des représentations de pièces de théâtre qui sont données par des acteurs morts depuis longtemps. Nous faisons chanter des cadavres ; on a mis en conserve l'assassinat de Kennedy et l'assassinat de son prétendu assassin ; on met en conserve des gestes dans la pointe d'une fusée et elle va les accomplir sur la Lune ; il y a cent mille fois plus de gens qui écoutent de la musique en conserve que des gens qui assistent à des concerts avec des musiciens en chair et en os. Gieseking continue à interpréter Mozart, Caruso chante toujours. Raimu joue inlassablement *La Femme du boulanger* ; l'usine de Serre-Ponçon turbine une eau de Durance qui date de quatre ou cinq ans et en fait l'électricité qui éclaire ma lampe ce soir ;

on accumule des chevaux-vapeurs, on met en boîte du professeur qui fait ensuite son cours en cinéma parlant, n'importe où, n'importe quand. Si nous avions Platon, Pascal, Descartes, nous les mettrions en conserve pour nos arrière-arrière-petits-fils (et plus loin encore, sans limite) qui les verraient, les entendraient dans cent, ou mille ans, ou plus. Si nous avions Shakespeare, on l'aurait encore dans cent ou mille ans. Un chef de gouvernement ? En conserve ! Il n'y a qu'à fouiller dans les archives des télévisions. Un grand professeur ? En conserve ! Il n'y a qu'à compulser les dossiers sonores et cinématographiques des facultés. Un grand peintre ? En conserve dans les petits films. Le geste auguste du semeur ? En conserve ! dans la Mac Cormick toute rouge dont les engrenages ont une fois pour toutes enregistré le mouvement qu'ils peuvent restituer à la demande, tant de fois qu'on veut. Il n'est pas jusqu'aux révolutions qu'on ne mette en conserve dans des usines à propagande employant toutes les techniques modernes, qu'on peut lâcher ainsi, au moment opportun, avec un simple ouvre-boîtes.

On me dira : c'est bien commode. J'en conviens, mais c'est autre chose que l'ingrédient frais et naturel. La révolution, par exemple : on ne voit plus ces magnifiques générosités dont elles étaient faites ; elles ont toujours maintenant du renfermé et du préconçu, les profiteurs apparaissent dès le premier jour, quelquefois même un peu avant ; on ne peut plus s'y laisser prendre, ce qui était bien bon (et souvent le seul bénéfice pour des gens comme vous et moi, plutôt simples). Mon grand-père était carbonaro, il fut condamné à mort par contumace en Italie ; il passa en France, y retrouva le père d'Emile Zola, carbonaro comme lui, avec lequel il travailla au canal d'Aix, dit canal Zola. Mais à ce moment-là éclate le choléra à Alger. Mon grand-père (et le père d'Emile Zola) s'engagent immédiatement comme simples infirmiers pour aller soigner le choléra d'Alger. Cet engagement était le complément logique de leur sentiment révolutionnaire. Allez mettre ça en conserve! Ce n'est pas possible, et même si c'était possible, ça ne serait pas souhaitable : cette façon d'être révolutionnaire n'est pas une nourriture pour tout le monde. Ça l'était à l'époque : aujourd'hui ce n'est plus moderne; on n'est plus habitué au sang que donnent les aliments frais.

Il est en train de se produire pour tous nos désirs ce qui s'est produit pour notre expérience au moment où la culture livresque s'est ajoutée, puis substituée à la culture tout court. Inutile d'aller en Chine, lisons des livres sur la Chine (le livre est la première conserve de la civilisation de la conserve). Un de mes amis revient de la Terre de Feu. Je lui parle de l'archipel des Chronos et des grands glaciers qui viennent là plonger dans la mer. Je lui décris les bruits et lui parle même d'une petite chaussée qui permet d'aller de la cabane du garde jusqu'à un petit promontoire d'où la vue est plus belle et qu'il n'en coûte qu'un bain de cheville dans une eau glacée. Il s'étonne : « Comment connais-tu ces détails, tu y es allé? — Non. J'ai lu un récit très circonstancié accompagné de très belles photos » (autre conserve) qui me permettent même d'ajouter des détails personnels et semblables à ceux dont pourrait augmenter son récit un témoin oculaire. Mais, ce que je sais de l'archipel des Chronos ne peut que faire illusion; en réalité je ne connais rien. Rien ne s'est ajouté vraiment à moi, sinon un petit truc (c'est le mot juste) de seconde main. Avec ce truc je « passe pour », mais je ne suis pas.

Mon exemple est grossier. Si on prend soin néanmoins de s'en servir avec attention, on se rend compte qu'il est valable à peu près pour tout ce dont on se nourrit en ouvrant des boîtes. On « passe pour ». Mais on n'est pas. Cela va loin. Et si cela allait aussi loin que la science ? Si, là aussi, on « passait pour » ? De bonne foi, j'entends bien, et en croyant honnêtement qu'on est ; en le croyant d'autant plus honnêtement, sans vouloir en démordre, que le contexte est d'accord et confirmé que « l'erreur est juste ».

Alors ces Lune (où on va, pourtant...), ces Vénus, ces Mars, ces Saturne, Jupiter et autres objets solaires ou galactiques et extra-galactiques, ces mondes, cette architecture, ces cartes célestes, ces profondeurs, ces gouffres, ces distances qu'on exprime avec trois bataillons de zéros, ces échos-radars, tout ce qu'on fabrique avec ça, si c'était sous l'influence de quelque scorbut ?

S'il en était de tout ainsi ? Nous connaissons les hallucinations des équipages de voiliers nourris pendant des mois et des mois de salaisons : les lèvres noires, les dents branlantes, les yeux perdus de rêves, incapables de distinguer le nord du sud, créant autour d'eux un monde illusoire, parfaitement adapté à leur état, dans lequel ils tournent en rond jusqu'à la mort.

Science en conserve, philosophie en conserve, musique en conserve, conscience en conserve, joies en conserve et bientôt amour, haine, jalousie, héroïsme en conserve. De tous côtés la haute mer sans rivage. La nourriture vient de la cale. Les viandes qu'on mange sont mortes depuis longtemps, les légumes ont verdi dans d'autres siècles. Nous avons ajouté du sel à tout, pour que tout soit imputrescible, et c'est nous qui allons pourrir, car rien ne peut rompre l'équilibre. Nous n'avons même plus le désir du petit brin de persil qui nous sauverait.

Le sommeil

J'ai une très grande capacité pour le sommeil. Je peux dormir n'importe où n'importe quand. Le vieux paysan qui m'a servi de modèle pour le Janet de *Colline* allait arroser son pré la nuit, quand son droit de l'eau tombait vers minuit, ou deux heures du matin. Il mettait l'eau en tête de son pré et il allait se coucher au bas du terrain ; quand l'eau arrivait jusqu'à lui et lui remplissait les oreilles il se réveillait et allait fermer sa martellière. Ça n'aurait pas marché avec moi. Pendant la guerre de 14, j'ai non seulement dormi dans l'eau, mais je me suis couché dans l'eau et m'y suis endormi, ce qui est plus fort. Il faut avoir bonne conscience, dit-on. Je ne crois pas : quand la mienne est mauvaise, je dors du sommeil du juste. Pendant ma prison de 1939, on me mit au secret pour vingt jours. Ce qui est un maximum : on est dans l'obscurité la plus complète, on n'est nourri qu'une fois tous les quatre jours avec une cruche d'eau et du pain sec qu'on vous passe sans un mot par un guichet, qu'on ne voit pas et dont l'ouverture ne se signale que par un cliquetis. Sortant de ces vingt jours extraordinaires, le capitaine commandant le fort Saint-Nicolas, où j'étais interné, voulut voir comment j'avais supporté ce secret et me fit

comparaître devant lui : « Pour ma part, mon capitaine, c'est raté, lui dis-je. Si vous m'aviez nourri de
viandes rouges et de vin de bourgogne j'aurais pu
m'énerver, mais de l'eau, du pain sec, de l'obscurité, la
paix, le silence : j'ai dormi, et, quand on dort il n'y a
pas de prison. Recommençons, si vous voulez. » Son
pouvoir ne lui permettait pas d'infliger plus de vingt
jours à la file. Il fut obligé de me laisser sortir. Je veux
dire sortir du secret, car pour le reste, il me colla dans
une cellule avec quatre détenus de droit commun fort
réjouissants : un satyre, un incendiaire, un meurtrier
et un pickpocket, et c'est une autre histoire.

L'important c'est que lorsqu'on dort il n'y a pas de
prison. Le sommeil arrive même à abolir (chez moi,
tout au moins) la douleur morale ; il n'y a que la
douleur physique qu'il ne peut pas abolir (c'est
pourquoi je la redoute tant). Il est donc faux de dire
que nous perdons notre temps à dormir. Nous le
gagnons au contraire : et le temps de notre sommeil est
le plus beau de notre vie.

Le moment où le sommeil arrive est d'une richesse
inouïe. On peut le comparer au moment où un vin
généreux coule dans de l'eau, la colore et lui donne du
goût. Le pouvoir de sentir, au lieu de s'anéantir,
s'aiguise et c'est par un excès de sensation qu'on
s'abolit : ce n'est pas dans du vide qu'on tombe, c'est
une satiété qui fait refuser le plaisir de sentir, comme
un ivrogne qui détournerait sa bouche de la chante-
pleure. C'est pourquoi les hypnotiques ne donnent pas
du vrai sommeil, mais simplement quelque chose qui
lui ressemble.

Quand on va au contraire dormir naturellement,
l'instant qui précède les ténèbres est illuminé d'éclairs
à la fois doux et précis où les images de la vie et celles

de l'imagination s'entremêlent et se colorent mutuelle-
ment. Alors qu'à l'état de veille on n'a jamais trop de
plaisir, là se trouvent un contentement et une paix. Ce
qui est et ce qui devrait être se mélangent et la
satisfaction parfaite produit la délicieuse nuit de la
sensation.

Il y a une vingtaine d'années, je faisais un rêve,
toujours le même : je visitais une ville. J'en ai connu
d'abord une grande place excentrique entourée de
maisons à arcades sur trois côtés, le quatrième étant
ouvert en bordure d'un fleuve dont l'autre bord était
une colline couverte de feuillages sombres. Le sol de
cette place était inégal et pavé à l'ancienne. Quand le
rêve revint pour la sept ou huitième fois, je me dis
(sachant que je rêvais) : « Sortons de cette place.
Allons un peu nous promener dans les rues voisines. »
Ce que je fis, nuit après nuit, parcourant d'abord une
longue rue de magasins surannés où on vendait de la
bimbeloterie, de la mercerie (et notamment des pam-
pilles, de la coutellerie de foire, des chapeaux de
bébés) ; arrivant sur d'autres places où coulaient des
fontaines, ou qui contenaient des statues équestres ;
passant près de la gare, ainsi de suite.

Cette ville était habitée, je ne faisais que le sentir, je
ne le voyais pas. Je ne rencontrais jamais personne et
j'étais constamment coudoyé par une foule qui se
manifestait à moi je ne sais comment, en tout cas
jamais par sa présence matérielle. Ce qui ne m'empêchait pas d'avoir des contacts avec elle. Par exemple,
j'entrais dans des boutiques et je faisais des achats :
dans une, tout au moins. C'était une librairie. Elle
faisait l'angle d'une rue. Je m'étais arrêté à quatre ou
cinq reprises devant sa vitrine. Une fois je fus à
l'intérieur du magasin avant d'avoir songé à entrer.

J'achetais une dizaine de livres, éditions modernes et critiques de romans et poèmes épiques du Moyen Âge. Aucun titre n'était complètement lisible et cependant ils signifiaient tous quelque chose, ils étaient familiers et avaient été longtemps désirés. C'étaient des merveilles de typographie, un elzévir splendide sur du papier de Hollande savoureux, souple, un peu craquant, ornées de très beaux bois. Reliés de chagrin noir, ils étaient si beaux, j'étais si content de cet achat (je ne me souviens pas avoir payé !) qu'un malentendu s'installa en moi à propos de ces livres. Quelque temps après cet achat, à l'état de veille, cette fois, l'envie me prit de revoir ces livres. Sans en connaître les titres, ni les auteurs puisqu'ils n'avaient jamais été lisibles, je me mis à feuilleter à leur recherche les fiches de ma bibliothèque. J'allais jusqu'à demander à ma secrétaire : « Où avons-nous mis les... ? » C'est au moment où il me fallut préciser que je me souvins qu'il s'agissait d'un rêve.

Puis, un beau jour, au cours d'un voyage, j'allai à Turin et, au bout de la Via Garibaldi, je trouvai ma place au sol inégal, au pavé vétuste bordé de maisons à arcades et du fleuve avec la végétation sombre de son bord opposé. Mon père avait dû m'en parler et me la décrire (ainsi que les autres rues, la gare, la place San Carlo et sa statue équestre). Et je l'avais recomposée dans mon rêve. A partir de ce moment-là, je ne rêvai plus de la ville.

D'autres rêves l'ont remplacée : des paysages de montagnes, des auberges charmantes à flanc de coteau dans des prairies avec des orchestres qui jouent du Mozart et du Haydn. Puis est venu un hôtel bizarre dans lequel je vais à travers couloirs et escaliers retrouver un ami. Il y a plusieurs ascenseurs modernes et un très vieux avec des ferronneries, genre métro 1900. C'est celui que je prends généralement; il me dépose dans des derniers étages, où le luxe est remplacé par de la poussière, où les planches ne sont pas d'aplomb. (Comme le pavé de la place de Turin. Des spécialistes donneront un sens à tout ça.)

Si j'en ai parlé longuement ce n'est pas pour le sens que ces rêves peuvent avoir, c'est pour noter cette lumière couleur orange que la vie continue à y projeter, comme la lumière d'un soleil qui va s'éteindre ou qui se lève. C'est à ce moment-là qu'on peut faire intervenir si on veut le banal parallèle entre le sommeil et la mort.

Portraits

Le Huron était goguenard. « On dirait que vous avez fait une bonne blague, lui dis-je. — Elle n'est peut-être pas aussi bonne qu'on croit », me répondit-il. Voulez-vous voir un Martien ? Il n'y a pas à chercher loin. Regardez les insectes, et même les plus communs, les blattes, par exemple, et vous en trouverez dans les endroits humides, les forêts, si vous avez l'âme sylvestre, mais plus simplement encore et sans romanesque, sous les éviers des vieilles cuisines.

Vous attendiez quoi ? Les tripodes de Wells ? Les rayons de la mort de Clérambault ? Les antennes flagellantes de Morati ? Les mandibules en tuyaux d'orgue de Riemann ? Les octogones pestilentiels de Lovecraft ? Les bulldozers spatiaux de Sir Eric Bath ? Les poulpes sidéraux de Humphry Davy ? Les polymorphes de la galaxie de Sir Cavendish ? (J'ai potassé la question.) Oui ? Eh ! bien, ils sont très exactement ce que vous attendiez, et plus encore que ce que ces savants et fantaisistes ont imaginé. Il n'y a qu'un détail : l'homme détermine toujours les dimensions de tous les objets en les comparant aux siennes, et, quand il s'agit de créatures célestes les hommes les « voient » de grand format ; or, ils sont minuscules. Quand on les

imagine dominant les horizons comme des tours de
Babel, non, il faut aller les chercher sous un évier
humide, dans des feuilles mortes, sous des bouses, des
écorces, dans la foule des avortons, des rabougris, des
foutriquets, des nabots et des rudiments. Ah! C'est
bien ce que dit la sagesse des nations : « L'hysope est
opposée au cèdre. » Nous nous disions : un de ces
quatre matins, avec toutes nos fusées qui s'en vont
chatouiller les orbites des gens lointains, il va nous
tomber des monstruosités sur la coloquinte, des sortes
de tour Eiffel en pâté de foie gras, de Colosses de
Rhodes, de Grande Pyramide etc. etc., des sortes de
cèdres qui vont nous grêler sur le persil. Et pas du
tout : c'était l'hysope, l'humble hysope. On mobilisait,
intérieurement, pour une guerre des mondes avec la
grosse Bertha ou la bombe H, on voyait un Austerlitz
de géants, ou alors un Waterloo, et nos carottes étaient
cuites. On regardait si les monstres ne se profilaient
pas sur nos confins familiers. Et non : c'étaient des
coléoptères, scatophages, escarbots, gâte-bois, pupi-
vores et autres bestioles de ce genre... Ma sœur Anne
ne voyait rien venir, rien de gigantesque ; un poids
nous a été enlevé de la poitrine, nous nous sommes mis
à respirer.

Il ne faut peut-être pas tellement respirer. Certes, si
on se balade dans un faubourg de Londres, comme l'a
raconté Wells, on ne rencontrera pas de Martiens
géants, on n'entendra pas (sauf le bourdonnement de
l'immense cité) ce ululement désespéré que poussaient
les rapaces célestes en guerre avec les humains de la
terre ; on ne risquera pas d'être pétrifiés ou désagrégés
par les mystérieux rayons qui émanaient de ces
agresseurs interplanétaires. Mais si on se couche à plat
ventre sur le sol, si on regarde le microcosme et si on

observe la façon de faire des étranges créatures qui
occupent notre globe terraqué, on sera beaucoup
moins faraud. Ces vingt centimètres carrés que nous
regardons, son relief, ses forêts (qui ne sont peut-être
que des touffes d'herbe) voilà, à petite échelle, le
spectacle du paysage terrestre à l'échelle humaine, et
voilà bien les monstres annoncés et leurs invraisembla-
bles outils guerriers. Voilà donc nos bonnes grosses
blattes dont j'ai parlé en commençant ; elles n'ont l'air
de rien, celles-là, sinon leurs pattes qui se détachent
par autonomie, par rupture en un point précis prédé-
terminé, et qui se régénèrent. Comme si nos bras et nos
jambes arrachés repoussaient. Au temps de la navigation à voile, quand les voyages duraient de longs mois,
les équipages ont pu se trouver menacés de famine en
trouvant les barils de provisions remplis de myriades
de blattes à la place de la farine ou du biscuit qu'ils
auraient dû contenir. C'est très exactement ce que dit
le psaume 44 : « ... Ceux qui nous haïssent pillent à
leur aise et ils sont des myriades dans la lumière de ta
face. » Sir Cavendish se sert beaucoup de la Bible
(notamment le psaume 44).

Mais il n'y a pas que les blattes. Voilà autre chose
qui arrive avec une démarche stupéfiante ! C'est une
jeune fille hiératique enroulée dans ses voiles de soie ;
un corselet rouge souligne son long cou, sa petite tête
ronde, ses larges yeux noirs d'almée. Elle a trois paires
de bras, évidemment, ou trois paires de jambes si on
préfère ; elle se sert indifféremment des uns ou des
autres pour sa fantasia, ses ronds de jambe ou ronds de
bras. Pas la moindre cuirasse, pas le moindre rostre
perforateur, mâchoire, dents de scie ou mandibules
broyeuses : rien dans les mains, rien dans les poches.
C'est vraiment une innocente. Cette charmante per-

sonne est une « simulatrice de la mort ». Or, voilà la
douce créature décrite dans Clérambault. Elle peut
rester plusieurs heures sans faire aucun mouvement;
cette immobilité est différente du sommeil : c'est un
état de torpeur provoqué par certaines excitations,
notamment « passionnelles »; on l'a appelé hypnose,
catalepsie, akinésie et surtout immobilisation réflexe.
Clérambault parle aussi d' « immobilisation réflexe »
au sujet de soi-disant objets célestes chez lesquels, par
la simulation de la mort, ils attaquent et détruisent
leurs ennemis par endosmose psychologique, en quelque sorte.

Les termites ne sont que les cellules d'un énorme
corps constitué qui sécrète des « hormones sociales »;
cette société (ce corps) est potentiellement immortelle
à la manière d'un organisme colonial. Les termites
sont marqués d'un polymorphisme social; la société
les transforme physiquement pour que les cellules (les
termites en réalité) soient capables d'accomplir exactement leur travail. Certains deviennent grands
ouvriers, petits ouvriers, grands soldats, petits soldats;
on a supprimé la tête des ouvriers; ils n'ont besoin que
des outils de leur travail, ils n'ont pas besoin de tête, ni
de leurs yeux, ni de leur bouche, ni de rien d'autre
qu'une énorme protubérance cuirasse (leur ancienne
tête); les soldats, les petits soldats évidemment, font
mouvoir des pinces puissantes; les grands soldats ont
la tête en poire et qui contient un vaste réservoir où
s'accumule une glu toxique sécrétée par la glande
frontale. Ils projettent cette glu toxique contre les
ennemis sociaux ou extra-sociaux (ils ont en quelque
sorte une dialectique). Les ouvriers sont d'une grande
banalité (ainsi que le dit Sir Eric Bath); leurs caractères les plus marquants sont en effet d'ordre négatif :

ils n'ont pas d'ailes, pas de membres sauf celui qui leur sert à travailler ; pas de visage, pas de moyens de locomotion (puisqu'ils sont attachés à leur travail). « Leur morphologie présente un aspect larvaire. » Wells avait déjà inventé un type lunaire. Les outils de leur travail font partie de leur squelette et, hypertrophiés, ils ne favorisent que le travail ; leur infinité est avant tout d'ordre psychophysiologique, au point qu'ils ne savent pas s'alimenter et doivent être nourris à la becquée par des chefs de parti ou de gouvernement. Eux ont des visages normaux, enfin je veux dire des antennes, des yeux qui voient un monde particulier, des mandibules pour se nourrir longuement, des ailes notamment. Du reste, il arrive qu'en période de disette, les ouvriers soient en grande partie massacrés par ces sortes d'anges ou d'archanges.

Les orthoptères ont un moyen de défense : la « saignée réflexe ». Leur sang est émis par des spores spéciaux et il est projeté avec une certaine force à une distance qui peut atteindre jusqu'à cinquante centimètres. Ce sang est d'ailleurs assez fortement caustique, ce qui nous fait penser à une sorte de martyrologe religieux.

Enfin, sans terminer ainsi ces portraits d'un Saint-Simon céleste, certains monstres digèrent nos amidons, nos protéines cellulaires, transmettent les maladies infectieuses ou à virus, nous dévorent. D'autres formes sont au-delà de l'univers humain ; seul le microscope électronique révèle ce qu'on ne peut plus appeler des formes mais des « structures » sans plus aucune échelle existante, mais vivantes et dont nous mourrons, peut-être.

Il est évident

Il est évident que nous changeons d'époque. Il faut faire notre bilan. Nous avons un héritage, laissé par la nature et par nos ancêtres. Des paysages ont été des états d'âme et peuvent encore l'être pour nous-mêmes et ceux qui viendront après nous ; une histoire est restée inscrite dans les pierres des monuments ; le passé ne peut pas être entièrement aboli sans assécher de façon inhumaine tout avenir. Les choses se transforment sous nos yeux avec une extraordinaire vitesse. Et on ne peut pas toujours prétendre que cette transformation soit un progrès. Nos « belles » créations se comptent sur les doigts de la main, nos « destructions » sont innombrables. Telle prairie, telle forêt, telle colline sont la proie de bulldozers et autres engins ; on aplanit, on rectifie, on utilise ; mais on utilise toujours dans le sens matériel, qui est forcément le plus bas. Telle vallée, on la barre, tel fleuve, on le canalise, telle eau, on la turbine. On fait du papier journal avec des cèdres dont les Croisés ont ramené les graines dans leurs poches. Pour rendre les routes « roulantes » on met à bas les alignements d'arbres de Sully. Pour créer des parkings, on démolit des chapelles romanes, des hôtels du XVIIᵉ, de vieilles halles.

Les autoroutes flagellent de leur lente ondulation des paysages vierges. Des combinats de raffineries de pétrole s'installent sur des étangs romains. On veut tout faire fonctionner. Le mot « fonctionnel » a fait plus de mal qu'Attila ; c'est vraiment après son passage que l'herbe ne repousse plus. On a tellement foi en la science (qui elle-même n'a foi en rien, même pas en elle-même), qu'on rejette avec un dégoût qu'on ne va pas tarder à payer très cher tout ce qui, jusqu'ici, faisait le bonheur des hommes.

Cette façon de faire est déterminée par quoi ? Le noble élan vers le progrès ? Non : le besoin de gagner de l'argent. Écoutez les discours politiques, lisez les journaux : on ne parle que de prix « compétitifs », de rendement, de marges bénéficiaires, etc. Il faudrait à la fin se rendre compte, si on en est fermement sur le chapitre de l'argent, qu'il ne se gagne pas qu'avec de la betterave, du beurre, du pétrole ou de l'acier. Qu'il y a des créations artistiques qui rapportent plus que des puits de pétrole et que tous les hauts fourneaux de la vallée de la Moselle réunis. Le centre artistique de Florence rapporte plus à la ville, à la région, aux Florentins de la cité et des cités environnantes que toutes les industries groupées dans cette région, plus que si toutes ces industries étaient multipliées par mille. Seraient-elles d'ailleurs multipliées par mille qu'elles courraient toujours le risque d'être concurren- cées par des régions où elles seraient multipliées par dix mille, et pourraient-elles suivre la cadence qu'il faudrait encore courir après le client et essayer de remplir le carnet de commandes avec des politiques et de la politique. Tandis qu'il n'y a pas de concurrence pour le trésor que lui ont légué ces artistes, son école de peinture, de sculpture, d'architecture, ses cathédrales,

ses couvents, le Palazzo Vecchio. C'est par milliards
que l'argent tombe dans les escarcelles et les comptoirs
florentins ; c'est par milliards qu'il tombe à Venise, à
Rome, c'est par milliards qu'il inonde la péninsule
depuis le Piémont jusqu'en Sicile. Il en faudrait des
puits de pétrole et des hauts fourneaux pour arriver
au même résultat ! Il a suffi du génie de quelques
artistes et de l'intelligence conservatrice de leurs
héritiers. *Les Pèlerins d'Emmaüs, La Ronde de Nuit, Les
Syndics des drapiers, La Leçon d'anatomie,* voilà qui n'a pas
besoin de Marché commun pour faire entrer les
devises.

Souvent il n'est même pas besoin d'un Fra Angelico
ou d'un Rembrandt. Regardons notre région : il est
incontestable que la circulation entre Moustiers-
Sainte-Marie et Pont-de-Soleil, ou entre Aiguines et le
pont de l'Artuby serait inexistante sans la « présence »
des gorges du Verdon. Si le Belge, ou l'Allemand, ou
l'Anglais, et même l'Italien circule sur cet itinéraire et
laisse ses francs, ses marks, ses livres et ses lires dans
les restaurants de la région, c'est pour son pittoresque.
Il faut tout de suite s'entendre sur la signification de ce
mot. En règle générale, il s'agit d'un paysage qui fait
des ronds de bras ou des ronds de jambes : l'exemple le
plus parfait en serait le cañon du Colorado. C'est si
vrai que pour ces modestes (somme toute) gorges du
Verdon, une publicité tapageuse les appelait naguère :
le cañon du Colorado français, ce qui est faux,
médiocre et un peu bête. Il existe donc le paysage
« tour Eiffel », « le Belvédère », la belle vue, le pittoresque à gros débit et à gros bec, c'est entendu. Celui-
là s'entoure de trois étoiles, de guinguettes et de
l'avenant. Celui-là est parcouru par des « circuits ».
C'est le Mont-Saint-Michel, ce sont les Baux, etc. Il

existe ensuite le paysage de mode. Celui-là se lance
dans un parfum, un tweed, une danse, une marque de
whisky. Un syndicat d'initiative, un maire rusé, une
confédération de commerçants avisés et avides met
dans sa manche un peintre (généralement sans grand
talent, ou avec un grand talent de publicité), un
écrivain, ou plusieurs de chaque, et ces personnages se
mettent à ne plus jurer que par cette région. C'est là
que la lumière est la plus belle. C'est là que la solitude
est la plus solitaire. C'est là que le folklore est le plus
folklorique, c'est là que les mœurs sont les plus... c'est
là que les choses sont les moins... Bref, c'est là que
désormais il faut absolument venir passer des
vacances, si on est d'un certain monde, ou si on veut
faire croire qu'on en est. Avec cette méthode, on peut
remplir de chalands le canton le plus revêche et le plus
rébarbatif. Il peut être infesté de moustiques, de
scorpions, de serpents, de fièvre, de tout ce que vous
voudrez, la mode rend tout exquis, et c'est à qui
exhibera le plus de piqûres, morsures et boursouflures.
Il peut être torride ou glacé, ou brutalement les
deux, on s'en réjouit, on fait remarquer que c'est peu
banal. Ces attrape-nigauds ont parfois la vie dure.
Il est inutile de citer des noms, il y en a de tous les
côtés.

Reste l'autre forme de pittoresque. Il est fait de
mesure et de subtilité (c'est le contraire du précédent).
C'est un paysage dans lequel on est heureux, parce que
la gamme des couleurs est accordée d'une façon tendre
et affectueuse, parce que les lignes organisent une
architecture harmonieuse qu'il est agréable d'habiter.
C'est le plus admirable des pittoresques. Il peut
s'étendre sur toute la surface d'un pays. Il n'est plus
cantonné dans un endroit précis au-delà des frontières

duquel la banalité sévit, mais il recouvre de vastes
étendues, s'organisant dans la diversité, si bien que
tous les horizons proposent des variations infinies du
bonheur de vivre. Les plaines se mêlant aux collines,
les collines aux montagnes, les vallées aux vallons, les
fleuves aux mers, les prés aux forêts, les labours aux
palus, les landes et les guérets aux déserts. C'est de
toute évidence le pittoresque le plus efficace (sur le
plan de l'argent, bien entendu, puisque c'est celui qui
touche le plus de gens, que c'est sur celui-là qu'on
jugera si nous sommes « modernes », ou si nous ne
sommes que vieilles ganaches rétrogrades, et surtout
parce que c'est seulement si nous parlons argent qu'on
nous écoutera, et que nous avons peut-être une chance
de sauver ce qui doit être sauvé). Le plus efficace sur le
plan de l'argent, car c'est tout un pays qui, par sa
qualité, attire et retient. Il n'a plus qu'à se laisser
vivre. S'il est assez intelligent pour garder intact son
patrimoine de beauté. Car cette beauté ne tient qu'à
un fil. Rien de plus facile à détruire qu'une harmonie,
il suffit d'une fausse note.

Il m'a fallu, il y a quelques années, discuter pendant
des mois avec un maire, pas plus bête qu'un autre
maire, pour essayer de lui faire comprendre qu'une
prairie (qu'on voyait des portes de sa cité), dans
laquelle il brûlait d' « implanter » je ne sais plus quel
silo ou quelle coopérative, avait une couleur verte bien
plus importante sur le plan local que le silo ou la
coopérative. C'était l'évidence même : les horizons
d'Alpes, les collines couvertes de chênes blancs, le
déroulement d'un plateau couvert d'amandiers qui
entouraient ce petit bourg aimé des touristes de
passage, ne prenaient leur valeur et leur qualité que
par rapport à cette admirable tache de vert de la

prairie. Quoi qu'on fasse à ce vert, l'abolir, ou
simplement le réduire, c'était tout détruire. Le maire
susdit me traita de poète, ce qui, chez certains
imbéciles, est la marque du mépris le plus amical et le
plus condescendant. Il « implanta » son silo ou sa
coopérative aux applaudissements de tout le monde.
Un an après, ils déchantaient tous, et en particulier
les hôteliers de la région. « Les gens ne s'arrêtent
plus, disaient-ils. Ils passent, jettent un coup d'œil et
s'en vont. » C'est qu'on ne tient pas à avoir un silo ou
une coopérative sous les yeux. C'est que ces constructions, au surplus modernes, ne contribuent pas au
bonheur de vivre. Ceci se passait il y a cinq ans.
Aujourd'hui, il n'y a plus un seul hôtel dans la cité
dont je parle. Mais, bien entendu, pas un de ces
pauvres gens ne voudra croire à la vertu du simple vert
de la prairie.

La bêtise et l'absence de goût ne sont pas les seuls
ennemis des beaux paysages, il y a aussi ce qu'on est
convenu d'adorer sous le nom général de science. Il
suffit de quelques pylônes « judicieusement » placés
pour détruire toute beauté, qu'elle soit subtile ou
plantureuse. Il est à remarquer que les pylônes sont
toujours « judicieusement » placés. Ils sont toujours
« au beau milieu ». Et là, rien à faire ! Qu'il soit clair,
qu'il soit manifeste qu'on est en train de détruire un
héritage de grande valeur, on vous répondra : « C'est
le progrès ! »

Eh bien non, ce n'est pas le progrès. Il n'est pas vrai
que quoi que ce soit puisse progresser en allant de
beauté en laideur. Il n'est pas vrai que nous n'ayons
besoin que d'acier bien trempé, d'automobiles, de
tracteurs, de frigidaires, d'éclairage électrique, d'autoroutes, de confort scientifique. Je sais que tous ces

robots facilitent la vie, je m'en sers moi-même abondamment, comme tout le monde. Mais l'homme a
besoin aussi de confort spirituel. La beauté est la
charpente de son âme. Sans elle, demain, il se suici-
dera dans les palais de sa vie automatique.

L'habitude

On s'habitue à tout. Aux alentours de 1880, la loi
anglaise obligeait les automobiles, quand elles rou-
laient, à être précédées par un piéton au pas, qui
agitait un petit drapeau rouge. Sans aller jusqu'au
petit drapeau rouge, je vois encore, dans mon enfance,
le commis d'un pharmacien qui, certains jours, allait
de porte en porte avertir : « Attention, l'automobile va
sortir. » Il n'y en avait qu'une, pas deux. Cet engin ne
sortait pas souvent ; chaque fois, c'était un événement.
Le conducteur (le pharmacien) était couvert de peaux
de biques, méconnaissable ; la passagère (la pharma-
cienne) emmitouflée de quintuples voiles, voilettes,
gazes, draperies, guimpes, etc. n'était plus qu'un bloc
enfariné.

Aujourd'hui, autant en emporte le vent (c'est le cas
de le dire).

J'ai vu le premier cinématographe. J'avais dans les
cinq à six ans. Mon père m'avait serré dans une grosse
pèlerine : c'était l'hiver, il ne faisait pas chaud et il
fallait faire le pied de grue. Pour trouver un local assez
spacieux, à la fin de l'après-midi on avait débarrassé
tout ce que contenait l'Epicerie Moderne (c'est tout
dire) ; les barils d'anchois, les chapelets d'ail, les

grappes de harengs saurs, les pains de sucre à gros papier bleu, les boîtes de fil au chinois, le brûleur de café, des caisses de cassonade, les boîtes de vermicelle, le baquet de morues, tout était rangé sur le trottoir. Il y avait au moins deux mille personnes sur la place et les rues qui rayonnaient. Tous les gens du canton, alertés par le clairon, étaient arrivés en charrettes. Mon père et moi (nous avions perdu maman dans cette foule) nous piétinions depuis six heures du soir. Notre tour arriva vers presque minuit ; on nous poussait par paquets de vingt. Une fois entrés, il n'était pas question de s'asseoir, on restait debout. La séance d'ailleurs ne durait pas longtemps, mais c'était tellement merveilleux : la photographie bougeait ! Mon père n'en revenait pas. Je ne me souviens plus de ce que j'ai vu, ni du fameux train qui entrait en gare de La Ciotat, ni de l'arroseur arrosé, rien, je ne sais plus. Et pourtant, Dieu sait si j'ouvrais les yeux trois fois plus grands que la tête.

Aujourd'hui je ne me dérange même pas pour aller au cinéma si j'ai un bon livre à lire (c'est toujours le cas) et il y a des milliers de salles très confortables et des milliers de films parfois agréables.

Un beau jour, l'avion arriva sur une éteule. On l'avait amené, démonté, dans une camionnette. Le mécanicien le rafistolait. Nous avions entendu parler de ces machines qui volent, mais nous n'en avions jamais vu. Quelques jours après, le mécanicien (qui était vraiment employé à toutes les sauces) alla coller des affiches sur nos murs et dans les villages avoisinants. C'était pour dire que mercredi, le célèbre aviateur (je ne me souviens plus de son nom, je crois que c'était quelque chose comme Vinsobre), le célèbre aviateur volerait dans la vallée à plus de cent cin-

quante mètres, avec des aller-retour, et même en
faisant « des huit ». Et le mercredi, de nouveau
(comme pour le premier cinéma mais vingt ans plus
tard), tous les gens du bourg, plus tous les habitants
du canton, s'installèrent autour du champ au milieu
duquel tressautait, aux coups d'un vent assez fort, un
vraiment très fragile machin-chouette. Il fallait payer
cinq francs, c'était très cher. Après avoir bien regardé
l'appareil, comme il ne se passait rien sauf la tressau-
tante sauterelle dans ses haubans, on commença à
murmurer, et enfin on réclama à haute voix : « Volez !
Volez ! » D'autres même criaient : « Voleur ! » Le
mécanicien endossa une salopette ; il était mis à plus
de sauces qu'on ne croyait : c'était l'aviateur lui-
même. Nous qui pensions que c'était un personnage !
Nous n'osions pas dire : un ange ! Non, c'était le
mécanicien, le colleur d'affiches, et celui qui, d'après
l'affiche, devait voler « en huit ». Pour l'instant, cet
homme-orchestre bataillait contre le vent et contre une
petite femme blonde. « Ne pars pas, disait-elle, tu vas
te casser la gueule. » D'un bras, il repoussait sa
femme, de l'autre, il essayait de démêler ses cordes.
Non, il ne faisait pas très beau ; des tourbillons de fin
d'été secouaient durement le vent. On voyait bien que
l'homme volant n'avait pas du tout envie de voler. La
foule commença à être mauvaise. L'autorité fit merveille, en l'occurrence le brigadier de gendarmerie et
un petit notaire (ce dernier était considéré comme un
sportif parce qu'il avait une bicyclette nickelée). On vit
les deux hommes arriver à grands pas sur le pauvre
zèbre emberlificoté par le vent, les cordes, la femme et
sa mécanique qui tirait au renard ; sèchement, on lui
intima de prendre le large (par les airs, pas par la
route). Suivit une discussion. Le zèbre voulait bien

voler ; il expliquait par gestes — la foule gueulait —
qu'il ne demandait pas mieux, mais qu'il fallait
d'abord le débarrasser de cette femme. Le brigadier de
gendarmerie la prit à bras-le-corps, le zèbre sauta dans
la carlingue, un volontaire (le notaire) lança l'hélice, et
malgré le tumulte de la foule, on entendit tousser le
moteur. Le gros cerf-volant fit deux ou trois sauts, puis
il roula, se souleva, retomba, se souleva enfin, et le
voilà en l'air. Silence stupéfait de la foule ! Il vola :
aller-retour comme il avait dit, « en huit » comme il
l'avait promis. La femme ne se débattait plus ; elle
semblait résignée ; c'est nous qui nous débattions,
entre notre stupeur et notre amour éperdu pour cet
homme volant, cet ange vraiment. Nous n'étions pas
du tout résignés : c'étaient des oh ! c'étaient des ah ! et
des gémissements quand il virait sur une aile, puis sur
l'autre. Le brigadier ne se risquait plus à empoigner
cette femme maintenant à bras-le-corps. Elle était
sacrée, et le célèbre aviateur, prodigieux ! Il redescen-
dit enfin sur terre, mais nous, non. On l'emporta en
triomphe et sa femme aussi.

Aujourd'hui, à part ces saletés supersoniques qui
nous emmerdent, on ne fait même pas attention aux
avions.

Je ne me souviens plus de la date de la première
explosion atomique sur l'atoll de... (Bikini, je crois,
mais seulement à cause du maillot baptisé pour la
circonstance). Et pourtant !... On croyait à la fin du
monde. Elise et moi, nous étions à Nice. Les journaux
annonçaient l'heure de l'explosion pour minuit. Il
faisait très chaud, mais simplement parce que je me
souviens très bien des terrasses de cafés bondées de
gens. Les camelots criaient les titres de l'édition du
soir : « La fin du monde à minuit. » On rigolait un peu

trop haut. Et, à minuit moins cinq, comme par enchantement, dans l'avenue de la Victoire (bien nommée en l'occurrence) le silence s'établit. Un crieur de journaux agita sa feuille sous mon nez : « Encore trois minutes, dépêchez-vous qu'on casse la pipe tous ensemble ! » On le fit taire. Les gens regardaient leur montre. Silence : il semblait qu'on allait entendre, aux antipodes, là-bas dessous... Minuit, minuit un, minuit deux, nous savions bien que ce n'est pas de cette façon que le monde doit finir, mais nous regardions la mer sombre et la nuit si sensible... peut-être un éclair ? Minuit cinq, six, sept. Inutile d'attendre ; à minuit dix, nous étions couchés. Dans mon premier sommeil, il était peut-être trois heures, j'entendis que la ville dormait. Dans notre rue, un de ces camelots attardés (et certainement brindezingue), sans crier, disait à haute voix dans le silence : « La fin du monde, messieurs et dames, c'est foutu ! »

Aujourd'hui, cette voix (celle du camelot) clamant dans le désert s'est tue. Les bombes ont proliféré : en Chine, en république d'Andorre, Saint-Marin, le Luxembourg, l'Albanie, le Monomotapa, la France, l'Algérie, les Comanches et autres bricoles de même acabit. On aurait dû crier plus fort.

Le premier qui s'est promené autour de la terre a tourné dans la tête des gens. On s'est bien souvenu de son nom pendant six mois. Tant et si bien, que si l'on veut réveiller les gogos, il faut agiter constamment le cirque astronautique : je t'en envoie un, puis deux, puis trois, puis un qui se promène ; un ira sur la lune. On s'habitue, on ne s'épatera (pour six mois) que d'une gymnastique de plus en plus loin, de plus en plus haut (comme chez Nadar, disait-on en 1830). Quand on irait dans le soleil (et on ira, tout est possible dans notre petit rond — on ne sera jamais que dans notre petit rond, petit patapon), quand on ira donc dans le soleil, on sera habitués à la chose six mois après. Et même si on va dans Alpha du Centaure (la plus proche étoile) et si on va dans des milliards d'années-lumières, et si on va enfin jusque devant l'Auguste Face, les gens seront habitués.

Le médecin de campagne

Une haute figure domine tous mes souvenirs
d'enfance, à côté de celle de mon père, qui était
extraordinaire : c'est celle d'un médecin de campagne.
C'était, quand je le connus, un homme d'une soixan-
taine d'années, râblé, pas très grand, avec une barbe à
la Raspail. Il vint me voir une fois, pour une de ces
angines qui étaient mes maladies saisonnières. Il
s'assit à côté de mon lit et il me prit le pouls. Ce fut
interminable. « Chut ! dit mon père, il dort. » En effet,
il s'était endormi. Nous respectâmes son sommeil. Il se
réveilla un quart d'heure après. « Ah ! dit-il, c'est le
meilleur repos que j'aie pris depuis quinze jours.
Voyons un peu cette gorge. »

Manosque était, à cette époque, un bourg de trois
mille habitants, la plus grosse agglomération d'un
territoire de plus de cinquante kilomètres carrés.
Monsieur Serres (c'était le nom de ce docteur) desser-
vait toute la région. Il avait un boghei et deux
chevaux, ou, plus exactement, un cheval : Pompon, et
une jument pommelée : Diane. Tout le nord du canton
est en collines abruptes, séparées par des vallons
étroits où, l'hiver, la neige gèle et reste longtemps. Aux
environs de 1900, il était très pénible de voyager dans

cette région pendant la mauvaise saison. Or, c'est
précisément la saison des malades. De jour et de nuit,
le boghei du docteur Serres dansait dans les chemins
malaisés des collines pour aller soigner la pneumonie
d'un tel, accoucher une telle, opérer même toute une
petite chirurgie. Il ne venait toucher barre à son
cabinet de travail que pour changer le cheval contre la
jument ou la jument contre le cheval et repartir. « On
change de cheval, disait-il, mais on ne change pas de
médecin. » « On n'ose pas trop demander à un cheval,
ajoutait-il ! d'ailleurs, ils ne sont pas bêtes : si on leur
demande trop, ils le font bien comprendre. » Quand il
avait un moment, entre deux voyages dans les collines
ou sur les bords de la Durance, il faisait ses consulta-
tions en ville ; il venait dormir un quart d'heure à mon
chevet ou au chevet de tel autre malade, où l'on
respectait également son sommeil.

C'est seulement depuis quelques années que je sais
qu'il était marié. Je l'évoquais avec quelqu'un de mon
âge qui l'avait également connu et qui, au cours de la
conversation, parla de Madame Serres. Ce fut tout
nouveau pour moi. On ne l'imaginait pas ayant une
vie comme tout le monde. Dans son boghei, oui ; à mon
chevet, oui ; dans le cri des gens : « Faites venir
Monsieur Serres ; allez chercher Monsieur Serres ; ne
vous inquiétez pas, voilà Monsieur Serres », oui ! Mais
marié, non ; ayant un foyer autre que le siège en cuir
sous la capote de son boghei, non. Quand, quelquefois,
les dimanches d'hiver, il y avait sur l'esplanade, au
beau soleil gris, des concerts de la musique municipale, autour de laquelle nous étions tous agglomérés,
on voyait passer, là-bas, au petit trot, le boghei de
Monsieur Serres qui partait pour les collines ou pour
les plaines, ou rentrer au pas le boghei de Monsieur

Serres qui revenait des collines ou des plaines. Les nuits, quand le vent sifflait, qu'on entendait la lourde pluie frapper les volets, que j'étais de nouveau avec une angine et qu'on m'avait dit : « On va faire venir Monsieur Serres », j'imaginais, sous la grosse loupe de la fièvre, le fameux boghei attelé de Pompon ou de Diane, en train de rouler et de tanguer dans les bourrasques des collines. Et quand il arrivait jusqu'à moi, après des heures d'attente (je voyais mon père consulter sa montre et la pendule ; j'entendais ma mère dire : « Qu'est-ce qu'il attend ? Il devrait être là. Qu'est-ce qu'il fait ? »), tout le monde était soulagé ; j'étais presque guéri, et nous le laissions s'endormir pour un bon quart d'heure, ayant apporté avec lui l'odeur des tempêtes et l'apaisement de toute inquiétude.

Ce n'était pas encore l'époque des « spécialités », des remèdes tout empaquetés et tout prêts ; il inscrivait sur de très longues ordonnances toute la composition du remède que le pharmacien devait préparer dans son officine. Il était connu que, pour certains remèdes à la préparation desquels il fallait apporter le plus grand soin, Monsieur Serres ne se fiait qu'à lui-même et allait lui-même les préparer. Puis, il les apportait, il les appliquait, il en surveillait les résultats, il ne rentrait chez lui, pour repartir, qu'après être satisfait de ses résultats.

Il avait soigné avec très peu de moyens (les moyens de l'époque, c'est-à-dire : un trocart, du camphre et du courage) l'épidémie de choléra de 1892. Il avait à combattre constamment — avec les moyens du bord — des diphtéries et des typhoïdes endémiques. Il était souvent dix fois plus malade que les malades qu'il soignait, mais il ne s'arrêtait pas ; il ne pouvait pas s'arrêter, il était seul pour soigner tout ce monde.

On le disait très riche. Il ne l'était pas, comme on l'apprit à sa mort. Il n'était pas riche parce qu'il ne se faisait pas payer deux fois sur cinq, et que cinq fois sur dix, non seulement il payait les remèdes de sa poche, mais, dans certains cas, c'était lui qui, avant de quitter son malade, déposait vingt ou quarante sous sur le coin de la cheminée.

Il mourut un soir assez beau d'automne, de cette maladie qu'on appelait « subitement ». Il mourut donc subitement en revenant de ses visites, le long de la Durance, dans son boghei. Je ne me souviens pas s'il s'agissait de Diane ou de Pompon, mais le fait est que le cheval revint tout seul, au pas, jusque devant le cabinet du docteur. Comme il faisait son ménage lui-même, sans garçon d'écurie ni palefrenier, et que Madame Serres avait pris l'habitude de ne pas se mêler du métier de son mari, l'attelage resta plusieurs heures devant la porte. Les passants voyaient bien Monsieur Serres, la tête penchée sur la poitrine, tenant mollement les guides, mais ils crurent qu'il dormait. C'est seulement à la nuit close, quand les premiers réverbères roux s'allumèrent, qu'on alla voir de plus près et qu'on s'aperçut qu'il était mort.

On objectera que c'était l'époque héroïque. Je répondrai qu'il est beau d'avoir « une époque héroïque » à laquelle on puisse se référer quand le cœur flanche.

La chasse au bonheur

Tout le monde chasse au bonheur.

On peut être heureux partout.

Il y a seulement des endroits où il semble qu'on peut l'être plus facilement qu'à d'autres. Cette facilité n'est qu'illusoire : ces endroits soi-disant privilégiés sont généralement beaux, et il est de fait que le bonheur a besoin de beauté, mais il est souvent le produit d'éléments simples. Celui qui n'est pas capable de faire son bonheur avec la simplicité ne réussira que rarement à le faire, et à le faire durable, avec l'extrême beauté.

On entend souvent dire : « Si j'avais ceci, si j'avais cela, je serais heureux », et l'on prend l'habitude de croire que le bonheur réside dans le futur et ne vit qu'en conditions exceptionnelles. Le bonheur habite le présent, et le plus quotidien des présents. Il faut dire : « J'ai ceci, j'ai cela, je suis heureux. » Et même dire : « Malgré ceci et malgré cela, je suis heureux. »

Les éléments du bonheur sont simples, et ils sont gratuits, pour l'essentiel. Ceux qui ne sont pas gratuits finissent par donner une telle somme de bonheurs différents qu'au bout du compte ils peuvent être considérés comme gratuits.

La vie moderne passe pour être peu propice au bonheur. Toutes les vies, qu'elles soient anciennes ou modernes, sont également propices au bonheur. Il n'est pas plus difficile de faire son bonheur aujourd'hui qu'il ne l'était sous Henri II, Jules César ou Virgile. La civilisation a même parfois ajouté la liste des éléments du bonheur. Un des moyens de n'être pas heureux, c'est de croire que les éléments premiers étaient seuls capables de donner le bonheur. Si l'on croit par exemple que l'arc roman était seul capable de savoureuses satisfactions esthétiques, on passera sans les voir devant les admirables réalisations architecturales que la technique a suscitées. Dès qu'une architecture s'est résumée dans son utilité, elle est belle et donne du bonheur (les barrages, la construction extraordinaire de Shell-Berre, le jour, puis la nuit, où elle est comme un palais féerique).

Le bonheur est, pour une part, la multiplication des émotions de la curiosité par la culture. Les grands ensembles architecturaux des siècles passés mariaient la pierre et l'églogue. Il est, certes, toujours possible de venir chercher ce qu'ils proposent et de le faire concourir à la chasse de notre bonheur. De même qu'on peut toujours se servir aux mêmes fins de délices métaphysiques (cathédrales de Paris, de Reims, de Chartres, etc., extérieurs, intérieurs, vitraux), mais les centrales, les gares, les raffineries de pétrole sont autant de véhicules modernes pour les nouvelles grandes évasions.

Il n'est pas de condition humaine, pour humble ou misérable qu'elle soit, qui n'ait quotidiennement la proposition du bonheur : pour l'atteindre, rien n'est nécessaire que soi-même. Ni la Rolls, ni le compte en banque, ni Megève, ni Saint-Tropez ne sont néces-

saires. Au lieu de perdre son temps à gagner de
l'argent ou telle situation d'où l'on s'imagine qu'on
peut atteindre plus aisément les pommes d'or du
jardin des Hespérides, il suffit de rester de plain-pied
avec les grandes valeurs morales. Il y a un compagnon
avec lequel on est tout le temps, c'est soi-même : il faut
s'arranger pour que ce soit un compagnon aimable.
Qui se méprise ne sera jamais heureux et, cependant,
le mépris lui-même est un élément de bonheur : mépris
de ce qui est laid, de ce qui est bas, de ce qui est facile,
de ce qui est commun, dont on peut sortir quand on
veut à l'aide des sens.

Dès que les sens sont suffisamment aiguisés, ils
trouvent partout ce qu'il faut pour découper les minces
lamelles destinées au microscope du bonheur. Tout est
de grande valeur : une foule, un visage, des visages,
une démarche, un port de tête, des mains, une main, la
solitude, un arbre, des arbres, une lumière, la nuit, des
escaliers, des corridors, des bruits de pas, des rues
désertes, des fleurs, un fleuve, des plaines, l'eau, le ciel,
la terre, le feu, la mer, le battement d'un cœur, la
pluie, le vent, le soleil, le chant du monde, le froid, le
chaud, boire, manger, dormir, aimer. Haïr est également une source de bonheur, pourvu qu'il ne s'agisse
pas d'une haine basse et vulgaire ou méprisable : mais
une sainte haine est un brandon de joie. Car le
bonheur ne rend pas mou et soumis, comme le croient
les impuissants. Il est, au contraire, le constructeur de
fortes charpentes, des bonnes révolutions, des progrès
de l'âme. Le bonheur est la liberté.

Quand l'homme s'est fait une nature capable de
fabriquer le bonheur, il le fabrique quelles que soient
les circonstances, comme il fabrique des globules
rouges. Dans les conjonctures où le commun des

mortels fait son malheur, il y a toujours pour lui une sensation ou un sentiment qui le place dans une situation privilégiée. Pour sordide ou terrible que soit l'événement, il y a toujours dans son sein même, ou dans son alentour, de quoi se mettre en rapport avec les objets du dehors par le moyen des impressions que ces objets font directement sur les sens : si, par extraordinaire, il n'y en a pas, ou si l'adversaire a tout fait pour qu'il n'y en ait pas, reste l'âme et sa richesse.

C'est par l'âme que les rapports de couleur prennent leur saveur. C'est l'âme qui donne aux formes leurs valeurs sensuelles. C'est de l'âme que vient la puissance d'évocation des bruits, et l'architecture des sons. Ce bonheur ne dépend pas du social, mais purement et simplement de l'âme.

La nature est faite pour donner le bonheur aux âmes fortes. La civilisation ne pouvant jamais être contre, ou tout à fait contre, la nature, ne peuvent empêcher le bonheur : au contraire, elles donnent une infinie variété de matières (même quand, par principe, elles ne le veulent pas) qui fait s'épanouir le bonheur dans des quartiers nouveaux. On n'a pas toujours fumé du tabac, on n'a pas toujours bu du café ou du thé, ou du vin. Les joies que procurent les déserts sont essentielles, non moins essentielles sont les joies que procure la ville. La solitude est un bonheur, la compagnie en est un autre.

A mesure que l'habitude du bonheur s'installe, un monde nouveau s'offre à la découverte, qui jamais ne déçoit, qui jamais ne repousse, dans lequel il suffit parfois d'un millimètre ou d'un milligramme pour que la joie éclate. Il ne s'agit plus de tout ployer à soi, il ne s'agit que de se ployer aux choses. Il ne s'agit plus de combattre (et s'il faut continuer à combattre sur un

autre plan, on le fait avec d'autant plus d'ardeur), il
s'agit d'aller à la découverte, et quand on a les sens
organisés en vue de bonheur, les rapports à découvrir
se proposent d'eux-mêmes.

L'aventure est alors ouverte de toute part. On
n'attend plus rien puisqu'on va au-devant de tout, et
on y va volontiers, puisque chaque pas, chaque regard,
chaque attention est immédiatement payée d'un or qui
ne s'avilit jamais, ne se dépense pas, mais se consume
sur place au fur et à mesure, enrichissant le cœur et le
flux du sang si bien que, plus la vie s'avance, plus on
est doré et habillé, et plus tout ce qu'on touche se
change en or.

S'il faut en tout de la mesure, c'est là qu'il la faut
surtout : et ne pas croire qu'il soit question de
quantités, qu'on ait besoin de Golconde, de Colchide,
de Pérou, qu'il soit nécessaire de courir aux confins du
monde, ou même de changer de place, que rien ne
puisse se faire sans situation, que le bonheur soit
l'apanage des premiers numéros. Non : la matière du
monde est partout pareille, et c'est d'elle que tout
vient. Un bel enterrement n'est jamais beau pour celui
qui l'a cherché. Le sage cultive ses sentiments et ses
sensations, connaît sur le bout du doigt le catalogue
exact de leurs possibilités, et s'applique avec elles à
utiliser les ressources du monde sensible. Naviguant à
sa propre estime entre le bon et le mauvais, prenant un
peu de celui-ci pour donner du sel à celui-là, ou
l'inverse, cherchant la perle jusque dans l'huître
pourrie, la trouvant toujours, puisqu'elle vient de lui-
même, il se fait une belle vie et il en profite.

Le laitier

Chaque soir je vais faire ma petite promenade dans
les vergers. Au bout d'une route toute droite je vois
arriver une carriole. Elle vient au pas. C'est le laitier ;
je l'aime bien. Il pousse un cri acide. Les femmes
sortent sur le pas des portes avec leurs casseroles. Il ne
leur donne pas que du lait mais aussi des petites
histoires. C'est un messager : avec lui, on est au
courant de toute la chronique. Je vois que les femmes
ne pensent même pas tout de suite à tendre la
casserole. D'abord, elles écoutent ; ce n'est qu'après
qu'elles prennent le lait. Quand il a terminé son travail
de messager des dieux, le laitier secoue les guides de
son vieux cheval qui se remet en route, pas à pas. Un
peu plus loin, le laitier pousse encore son cri acide.
Voilà de nouvelles clientes. Elles viennent s'approvi-
sionner : de lait, oui, bien sûr, mais surtout de
chroniques. Le lait, il n'y a pas tellement à discuter,
c'est du lait, comme vous et moi, c'est très simple, mais
la chronique, ça n'est pas simple du tout ; ça n'est pas
du tout vous et moi, au contraire : vous peut-être mais
pas moi en tout cas. Moi je sais ce qui bout dans ma
marmite mais vous, les autres ? La chronique passe
avant le lait ; moi je sais très bien comment ça marche

chez moi ; mal ou bien, mais je sais ce que c'est ; tandis
que chez vous, comment ça marche ? Je ne sais pas et
j'aimerais bien savoir.

Ou alors, c'est la tragédie, le drame, le gouffre noir
dans l'azur, le vertige. On n'a pas tous les jours, hélas !
un bon petit morceau de noix de muscade à se mettre
sous la dent. Le lait c'est du lait, le lait vous nourrit,
bon. Bien nourri et ces beaux vergers, bon, mais
l'ennui !

C'est pourquoi tous les soirs le laitier s'installe sous
la capote de sa carriole, hue Cocotte ! et il pousse un cri
acide. Le lait est un prétexte ; on n'aime pas tellement
le lait ; une goutte dans le café, il n'en faut pas
tellement. « Les enfants ne l'aiment pas : il est plein de
peaux ; il m'en reste toujours ; je suis chaque fois
obligée de le donner au chat. » Et le chat n'est qu'un
chat. Mais, dès qu'elle entend le cri acide du laitier,
elle prend vite sa casserole et elle sort sur le pas de la
porte pour attendre le messager des dieux qui arrive,
cahin-caha, sans se presser ; il y aura toujours de la
chronique pour tout le monde.

C'est parfois trois fois rien : des taloches ou des
varicelles mais c'est déjà ça ; des faux pas, des
vergognes : c'est mieux que rien ; une main leste, des
gros mots, des foires d'empoigne : c'est déjà pas mal.
Mais si c'est « le reste », alors eh !... On dit très
anonymement « le reste » pour ne pas donner la puce à
l'oreille des dieux. Le reste, c'est tout sauf ce qui me
concerne. Le reste, c'est les autres : c'est le sang,
l'étripaillement, le décervelage, l'écrabouillement, les
viscères très précieux répandus dans la poussière, ainsi
de suite, à l'infini ; le reste, c'est l'infini (sauf moi). La
casserole m'en tombe des mains. Non vraiment, je ne
pense même pas à prendre mon lait. Quelle histoire ! Il

est donc mort? Comment? Oui, mais comment, donnez-moi des détails. A mesure que le laitier déroule son histoire détaillée, il laisse retomber tout machinalement dans le seau le lait qu'il avait puisé dans sa mesure en fer-blanc puisque les casseroles ne se tendent pas. Ce n'est qu'après qu'on se souviendra vaguement qu'il était question de lait, et on prendra le lait : une simple formalité, somme toute.

Chaque jour, chaque jour que Dieu fait, on a du lait, mais le reste : les éclaboussements de sang, les cataclysmes, Dieu ne les fait pas chaque jour, hélas! Les vergers, les jardins sont des asiles de paix. La paix est très indigeste. « Tu gagneras ton pain à la sueur de ton front. » Ce n'est pas difficile et ce n'est même pas terrible, la sueur est salée; mais, quand tu as fini de gagner ton pain, quand ta sueur (salée) ne coule plus de ton front, qu'est-ce que tu fais? Qu'est-ce que tu fais de tes dix doigts? Les vergers, les jardins, c'est très bien, la paix c'est magnifique. On a très vite assez de la paix, toujours pareil, toujours pareil jusqu'à la fin du monde : pire, il n'y a même pas de fin du monde. Alors que les éclaboussements de sang, les cataclysmes sont des sources fraîches! Tout se remet en question. Le bonheur (qu'ils disent), c'est poser des questions, recevoir des réponses, satisfaire la curiosité. Toutes ces femmes qui attendent le laitier attendent surtout que leur curiosité soit satisfaite. Savoir est un mot beaucoup plus important que le mot vivre. On préfère de beaucoup mourir pour savoir plutôt que vivre sans savoir. Il y a toujours un tournant qui nous cache le chemin. Nous avons toujours besoin d'aller voir, de dépasser le tournant au risque de recevoir là-bas des coups de trique; il faut y aller. Nous tournons le coin avec une joie indicible, un tremblement de jouissance

effroyable (c'est le cas de le dire), juste le temps de
dépasser le tournant et qu'est-ce que nous voyons juste
après, le chemin tel qu'il était avant, et là-bas devant,
un autre tournant qui nous cache « le reste ». Et on y
va, et en avant la musique ! Il y aurait quelque chose à
faire néanmoins, si on était intelligent : au lieu d'avoir
peur de la mort, puisque c'est la grande peur, il
faudrait l'aborder avec une joie indicible, une jouissance effroyable, tout simplement comme on fait de
tous les tournants (c'en est un), se précipiter (véritablement cette fois) dans la curiosité. Mais on a peur
d'être floué ; bêtement on sait ce qu'on a et on ne sait
pas ce qu'on aura. Et est-ce qu'on n'est pas finalement
toujours floué dans ce bas monde ? Avons-nous jamais
été satisfait des réponses à nos questions ? Le laitier a-
t-il jamais satisfait notre curiosité ? Même quand il ne
s'agissait que de mornifles et de taloches, et de grands
mariages en blanc, amours, délices et orgues ? Eh non,
on n'a jamais su le fin du fin, même quand les choses
sont pertinentes, à plus forte raison quand le laitier
invente, en pleine imagination, la lune. Nous avons
tellement besoin de matières spirituelles ! Le lait, c'est
très peu, c'est un quart ou un demi-litre, ou trois
quarts à la rigueur, deux ou trois mesures, de sa
« mesure » en fer qu'il verse dans ma casserole ; et
d'ailleurs je ne bois même pas de lait, je le donne à
mon chat, mais ce qu'il déverse dans mon oreille, c'est
du « nanan » ; ce n'est pas du tout pour mon chat c'est
pour moi, personnellement ; je nourris mon ennui ;
c'est de cette nourriture que je vis et mon chat, je m'en
fous. Le lait, le laitier peut le garder s'il veut, j'ai
toujours un quignon de pain ou une pomme de terre,
ou rien s'il faut, mais la matière à questions ? La grève
de la faim, par exemple, comme disent les médecins,

on peut vivre pendant vingt et quelques jours, sans nourriture, avec quelques gorgées d'eau, mais la matière à questions? Vous croyez que vous resteriez vingt et un jours sans curiosité, satisfaite ou non? Non, les grévistes, les bouddhistes, les lamas et autres fakirs qui ne mangent pas et résistent, c'est qu'ils ont une idée, une idée qui les nourrit et avec laquelle ils se posent la question (et à qui ils se répondent) : « Est-ce que je vais gagner, est-ce que je vais imposer mes idées, est-ce que je vais voir Dieu? » Des tournants; de tournant en tournant ils s'en vont très loin, ils n'ont pas besoin de manger.

On nous a dit : « Sortez de ce paradis. Tu gagneras ton pain à la sueur de ton front. Tu enfanteras dans la douleur, et ainsi de suite. C'est la malédiction. » Mais pas du tout : la fameuse sueur est salée, je l'ai dit, et par le fait, elle est apéritive; elle donne du goût à la vie. Quant aux douleurs de l'enfantement, c'est de la blague : elles n'ont jamais empêché les femmes de faire l'amour. Non, la vraie malédiction, c'est l'ennui. Quand on nous a maudits, on n'a pas fait tant d'histoires; on nous a dit tout simplement : « Tu t'ennuieras », un point c'est tout. Tu auras la paix, tu auras des vergers, des jardins, et tu t'ennuieras. Tu auras l'amour, tu auras le diable sait quoi, et tu t'ennuieras. Tu auras une terre ronde pour t'ennuyer, un univers enfin pour t'ennuyer. Tu iras n'importe où, tu feras n'importe quoi et tu t'ennuieras. Chaque jour on versera dans ta casserole une, deux, trois, cent, mille mesures de lait, mais ce qu'il te faudra c'est le laitier, la parole du laitier, le chuchotement du laitier.

On a mis devant tes yeux le noir et le blanc, côte à côte. C'est tout. Et tu passeras ton temps à aller du noir au blanc et du blanc au noir, tour à tour, sans arrêt et sans en sortir.

Et le laitier, il ne saura même pas ce qu'il dit ; il dira n'importe quoi ; il inventera ; il inventera parfois à partir d'une chose minuscule qui deviendra un bruit énorme dans tes oreilles (comme les sons que répercutent les abîmes) et d'autres fois il inventera purement et simplement un zéro qui deviendra également un bruit énorme dans ton vide parfait.

Finalement, j'ai très peur de ce laitier. Il pousse un cri acide ; les femmes sortent sur le pas des portes et viennent tendre leurs casseroles pour avoir du lait. Je vois la carriole, le vieux cheval qui s'avance là-bas au bout de la route, j'entends le cri... Et il n'y a peut-être personne : ni laitier, ni lait, ni femmes et la route vide vide.

Attention au train

Il a un drôle de cri : il ne siffle pas, il donne quelques coups de bugle. On dirait un train du Far West. Je l'entends régulièrement de la maison. On s'imagine chaque fois qu'il est aux prises avec des peaux-rouges ou des desperados de western. En me promenant, je vais jusqu'à la gare, à un kilomètre. Elle est minuscule. Ce train si romanesque est à voie étroite. J'ai cru qu'il n'y avait qu'une station ; on me détrompe ; pas du tout : c'est une vraie gare. Il y a un petit guichet, un petit horaire, un petit banc, un petit quai, un petit disque et un petit jardin. De chaque côté de la gare, les rails s'en vont à l'aventure, à travers les blés mûrs, les caroubiers et les amandiers. A gauche, au fond, les montagnes ; à droite, au fond, rien ; la mer qu'on devine. Du côté de la mer, fatalement le petit train doit s'arrêter, sur la grève, j'imagine, sur le sable, tout bêtement. Du côté des montagnes, c'est une autre paire de manches. J'ai compulsé l'horaire : le petit train va au-delà des montagnes : une petite ville, un petit port. J'interroge le chef de gare, un véritable chef de gare avec les insignes de son grade : le bout de la ligne est à vingt-sept kilomètres.

Un de mes amis qui va très souvent à cette petite

ville me dit : « Je ne prends jamais la voiture, j'y vais
par le petit train, je préfère. Les premières classes sont
très confortables. »

Alléché, un beau jour je me paie le luxe. Je prends,
bien entendu, une première classe, et j'attends. En
plus de tout ce que j'avais déjà dit, il y a aussi une
petite sonnette qui grelotte (comme dans toutes les
gares). Le train arrive. Il est électrique. J'aurais dû
m'y attendre : il y a des poteaux et des fils. Enfin, de
toute façon, le vin était tiré. Je grimpe dans les
premières places ; il vaut mieux dire la première place :
c'est un grand wagon étroit, évidemment, mais long et,
dans ce wagon, des fauteuils, oui, des fauteuils (comme
vous et moi), et très douillets. Il y avait déjà là un
vieux monsieur très digne, tiré à quatre épingles, un
œillet à la boutonnière, tête nue (tête chenue) ; ayant
déposé à ses pieds un très beau chapeau de paille de riz
à grandes ailes, il caressait le pommeau d'argent de sa
canne. Il avait orienté son fauteuil pour regarder le
point de vue. Je suis un peu gêné : ma mise est assez
négligée aujourd'hui. J'ai cru ne faire qu'une excursion
banale de vingt-sept kilomètres. Je salue le plus
gentiment possible, je serre un peu les fesses et je me
carre moi-même dans un fauteuil comme un vieil
habitué.

Nous nous baladons, c'est le cas de le dire, à travers
les moissons. Un blé très mûr, à longue paille,
crémeux, inonde à perte de vue les vergers d'amandiers. Notre véhicule a le pas olympien. Il ne se
précipite pas, il se dandine noblement, comme Zeus.
J'ai bien le temps de voir, tout à mon aise, les détails et
les ensembles : cet épi tressé avec toutes ses barbelures
et le balancement lourd des moissons crépues, les
montagnes dentelées (elles n'ont que 800 mètres

d'altitude) et le nuage qui en émerge, et sa forme : c'est un cheval et il devient maintenant, peu à peu, comme un triton entouré d'écume. Un jeune paysan en bleu délavé s'avance à grands pas d'un porche de ferme. Il marche presque aussi vite que nous ; pas tout à fait ; notre dandinement divin a plus de célérité que les humains, comme il se doit, ou alors, à quoi bon prendre le petit train à voie étroite ? Adieu, jeune homme en bleu délavé ! De l'autre côté de la ferme, nous voyons déjà une femme que tu ne vois pas encore, toi, et qui s'avance à ta rencontre, aveugle ! Et nous donnons quelques coups de bugle, pas du tout à l'intention du jeune paysan en bleu délavé (qu'il se débrouille !). Nous avons d'autres chats à fouetter et notamment des croisées de chemins personnels. Le rémouleur, par exemple, qui nous attend au passage à niveau, averti par notre petit morceau de bugle et, quand nous passons, il nous régale, lui aussi, par un concerto de sifflet d'aiguiseur ; nous ne l'entendons pas dans le bruit de ferraille qui nous emporte, mais j'ai bien le temps de voir le rémouleur qui s'époumone et gonfle les joues en notre honneur. Nous entrons brusquement dans une ravine ombreuse avec trois saules et quatre peupliers, un peu d'herbe, un carré de trèfles en fleur, quelques pots de géraniums, une cabane, un homme qui suspend l'envol de sa bêche pour nous regarder passer. Une énorme femme (comment une femme si énorme a-t-elle pu entrer dans un si étroit ravin ?) couverte d'enfants, sur les bras et dans ses jambes, s'encadre dans la porte et nous salue nonchalamment d'un geste de la main. Oh ! Tout ce domaine, cet enclos arcadien, a cinquante pas de long à peine. Nous avons juste le temps de regretter les nations enchevêtrées. Nous émergeons tout de suite

dans les espaces que nous dévorons ; il nous paraît que
notre petit train à voie étroite nous emporte maintenant dans une course vertigineuse, tellement nous
aurions envie de rester dans la petite ravine. « Tout est
relatif », dit la sagesse des (précisément) nations. Par
une courbe à grand rayon, nous glissons dans une
avenue d'acacias et lentement, d'un pas de promenade, nous entrons dans une minuscule bourgade. Je
dis bien : ce n'est pas un village, c'est véritablement
une bourgade. On dirait un jouet pour un enfant
royal ; des bourgeois, petits (sans que ce soit péjoratif),
des petits artisans, des petits adolescents, garçons et
filles, dans une sorte de petit dimanche éternel. Ils
s'occupent tous, très lentement, d'un peu de tout et de
beaucoup de rien. Il n'y a pas certainement beaucoup
de, même de limonade ; ils se promènent devant le
train quand le train passe. Ils ont de bons visages avec
des joues pleines, des yeux rieurs, des vêtements
propres ; ils ne sont ni beaux ni laids, ils sont très bien.
Comme on les regarde, ils font le geste de nous offrir
des oranges : nous n'avons même pas l'esprit d'accepter. Je vois là-bas un autre personnage, un peu plus
loin, devant sa boutique : c'est un tonnelier ; il est en
train d'assembler au maillet des douves de cèdre pour
en faire un baril, un tonnelet pour je ne sais quoi : pas
du vin, c'est trop petit ; du rhum peut-être ou d'un
alcool qu'il fait avec n'importe quoi. Et mon tonnelier,
c'est un vieux bonhomme très averti, très expérimenté
(il n'y a qu'à voir l'habileté qu'il a, presque sans y
toucher). Il a ainsi occupé toute sa vie, sa longue vie
dans sa minuscule bourgade ; et maintenant, en même
temps qu'il donne de tout petits coups de maillet très
exacts, il fume tranquillement un long cigare fin
comme un bâton d'encens. Il n'a pas dû gagner

énormément d'argent dans une bourgade aussi minuscule, en assemblant des tonnelets si exigus.

Je trouve que mon train est formidable : une sorte
d'Orient-Express, que dis-je? Un Rose-des-Vents-
Express. Il n'avait l'air de rien avec sa voie étroite ;
nous sommes au bout du monde. Il a suffi de douze
kilomètres car, en tout et pour tout, depuis que nous
sommes partis (il y a un quart d'heure), nous avons
fait douze kilomètres, très exactement. Mais nous ne
sommes pas encore au bout du vaste monde. Notre
postillon joue un très joli concert pour bugle et petite
bourgade. Le chef de gare se couvre de sa casquette,
s'empare de son sceptre et nous lance avec le large
geste d'un semeur. La fée électricité, chère à Jules
Verne, domptée, comme il dit, se meut au ralenti.
Nous démarrons. Le cadre de notre portière s'écarte
du tableau. Adieu vaches, cochons, couvées.

J'avais oublié mon compagnon. J'ai toujours admiré
les gens qui ont un œillet à leur boutonnière. Je n'ose
pas. J'ai tort, je sais ; ce n'est pas plus bête qu'autre
chose et j'ai toujours eu envie, pas d'un œillet, mais
d'une rose. J'aimerais mettre chaque matin une rose
fraîche à ma boutonnière et m'en aller ainsi, frisquet
dans cette bonne odeur. Finalement je ne l'ai jamais
fait. Le vieux bonhomme (il est d'ailleurs de mon âge,
peut-être même plus jeune que moi) s'intéresse au
paysage avec la plus grande attention. Il se penche à
droite et à gauche.

En me défendant de l'imiter, je jette quelques coups
d'œil rapides sur ce qu'il regarde. Nous avons quitté
les moissons étendues, nous montons le long d'une
montagne aride et sèche, violemment odorante. Nous
avons déjà pris de la hauteur, peut-être dix ou vingt
mètres ; nous découvrons la carapace des toits de la

bourgade, les blés dorés sous les amandiers, même dans le lointain (un lointain d'une dizaine de kilomètres) : ma petite gare où j'ai pris le petit train à voie étroite. Et soudain, l'obscurité m'avale.

D'ailleurs, aussitôt les lampes s'allument. Nous venons d'entrer tout simplement dans un tunnel. Qui aurait dit qu'un petit train à voie étroite avait un tunnel ? Il est même long. Nous donnons un coup de bugle ; les échos retentissent dans le souterrain séjour. Ce tunnel est même très long, trop long à mon avis pour un petit train à voie étroite. De nouveau un coup de bugle, un cri, les retentissements caverneux sont de plus en plus profonds. Drôle de blague ! Qu'est-ce qu'il fait ? Oh ! pas mon compagnon, mon compagnon est très tranquille, trop tranquille pour être honnête ; et cet œillet ! Cette idée de mettre un œillet à sa boutonnière pour entrer dans un tunnel, avec un petit train de rien du tout et moi, qui suis plus bête que mes pieds, pour être venu me fourrer dans cette stupide aventure, oui, qu'est-ce qu'il fait ce machin-là, ce truc électrique, ce déchet ferroviaire ?

Nous sortons, ah ! mais pas tout à fait à l'air libre, dans le fond d'un ravin dantesque, une vision de Gustave Doré, une sorte d'orage architectural de Beethoven, et d'un cri de bugle — désespéré me semble-t-il —, nous replongeons dans les ténèbres. Je dis bien ténèbres ; ces petites lampes rougeâtres qui ont l'air de nous éclairer ne donnent aucune lumière sur rien, au contraire : elles n'éclairent que notre misérable condition ; j'aurais préféré ne pas la connaître.

Le jour ! Je n'ose y croire. Si, cependant : nous sommes très haut, en plein ciel, nous planons, nous glissons entre une transparente forêt de pins gris. Nous dominons un enfer miniature, un enfer à ma taille, un décor d'opéra, un enchevêtrement de rochers côté cour et côté jardin. Un Fra Diavolo, le ravin du petit roi de Galice, les Indes galantes, l'Arioste, le Piranèse, un raccourci de tous les paysages romanesques les plus goûtés par les amateurs défilent dans le vallon étroit que nous surplombons. Ce sont les découpures les plus pittoresques, les végétations les plus artistement accrochées, les abrupts les plus audacieux, les terrasses les plus babyloniennes, la plus reptilienne des routes qui se faufile en bas dans le fond. Enfin, nous contournons la montagne, qui a tout juste six à sept cents mètres d'altitude, et voilà les vergers, les jardins, la petite ville que nous dominons encore, ses églises (il y en a quatre ou cinq), ses couverts, ses places ombragées de sycomores, ses rues à même desquelles, indolemment, majestueusement, nous entrons au ras de ses trottoirs.

On m'a fait connaître l'ingénieur qui a tracé cette voie (depuis mon voyage je ne l'appelle plus étroite). C'est un octogénaire dans des jardins. Il ne bouge plus d'où il est. Il y a déjà des années qu'il ne sort plus de ses jardins. « La construction de cette ligne, dit-il, a nécessité de très nombreux ouvrages d'art. Le tunnel qui vous a inquiété a deux mille trois cents mètres de long et il est hélicoïdal. C'est grâce à lui que nous avons pu gravir à travers le roc un col que nous n'aurions pu atteindre sur les terrains mouvants de la montagne. Il y a donc deux tunnels, et le second encore plus audacieux que le premier. Ce serait trop long à vous expliquer; un petit viaduc que vous n'avez même pas vu, des ponts et un art encore plus délicat : un tracé entre des intérêts contradictoires, des champs contigus, des murs de fermes, les artichauts, les blés, les salades de Jean, Pierre, Paul. Deux cent cinquante ouvriers en chiffre rond ont travaillé pendant sept ans, quatre mois et dix jours exactement. Deux sont morts : un carrier et un mineur. »

Nous entendons au-dessus du jardin ronronner les avions de ligne qui vont à Londres, Amsterdam, Glasgow, Stockholm, Berlin, Rome, Madrid, etc. Plus on va loin, plus on va vite ; plus on va vite, moins on connaît. Demain, le Concorde aveugle sautera en deux heures de Paris à New York. Ce n'est plus un voyage : c'est la trajectoire d'un obus. Après-demain, les miracles constants de la science aboliront définitivement les sept sens. Ainsi, tout tendra à zéro.

Le temps des prisons

Sans parler de celles qui sont constituées de murs dont il est dit dans les règlements qu'ils doivent avoir trois fois la hauteur d'un homme, notre époque est celle des prisons. Personne n'a « *l'esprit libre* ». C'est une locution qui avait cours avant la guerre de 14.

Je me souviens. J'allais parfois chercher mon père au café où il faisait sa partie de bésigue. Il avait généralement pour adversaire un quincaillier. Je revois cet homme maigre, décidé, dont les affaires marchaient bien, en train de regarder son jeu et je l'entends encore dire : « Attends que j'aie l'*esprit libre*. » C'était l'affaire d'une minute. Il n'avait pas à se libérer de grand-chose.

On a généralement l'air fin quand on parle d'avant 14. Il n'y a plus beaucoup de gens qui ont l'audace de le faire. Ce n'est pas assez loin pour qu'on fasse figure d'historien érudit, qu'on ait la ressource de s'appuyer sur des documents écrits. C'est trop loin pour que les deux tiers des hommes vivants aient dans les souvenirs le contrôle des faits dont on parle ; c'est trop différent de l'époque actuelle pour qu'on ajoute foi à ce que vous dites. (Nous avons tous connu vers 1944 des petites filles de trois ans qui ne croyaient pas au

chocolat.) Parler d'avant 14 c'est retomber en enfance.
Il y a un peu de ça. Disons simplement pour être poli
(au cas où quelqu'un d'autre que moi parlerait aussi
d'avant 14) que c'est retomber en adolescence. L'adolescence c'est joli, ça ne bave pas; ça ne balbutie pas,
sinon pour des questions de timidité et de sentiments.

En réalité, à mon âge, si on veut être pris au sérieux,
il faut bien se garder de parler de cette époque non
historique. Elle ne contenait ni César, ni Sardanapale,
ni Néron. Il y avait des présidents de la République
pas du tout sportifs qui se baladaient de ville en ville,
en landau, faisaient des banquets. Le seul homme
embêté dans tout ça était leur secrétaire : il était obligé
de rédiger le texte des discours et il n'y avait rien à
dire. Il n'y avait à dire que : « Bonjour messieurs et
dames ; ne vous dérangez pas ; je suis venu faire un
petit tour parce que le temps y incite. A part ça,
comment ça va, le commerce. Bien ? Tant mieux, c'est
le principal. Tenez-vous gaillards et les pieds au
chaud ; à la bonne vôtre et à la prochaine. » Je
reconnais que tout ça ne fait vraiment pas « condition
humaine ». Et manque complètement de dignité.

Je me souviens de la visite du président Fallières à
Marseille. Je n'étais pas gros. Je vis le cortège et la
foule du haut des épaules de mon père. Nous étions
venus de Manosque en train (trois francs aller-retour)
passer la journée, voir le Président, voir la sœur de
mon père et mes cousins germains. Il faisait très beau.
Tout le monde rigolait, déambulait, buvait. Les gens
de la montagne comme nous avaient profité de l'occasion pour visiter leurs familles. On avait tué le veau
gras dans toutes les maisons ; non pas pour le père
Fallières qui était là, bien gentil dans sa barbe, le cœur
très à l'aise dans un beau ventre, mais pour le cousin,

le beau-frère, le frère ou l'ami pour lesquels Fallières
était le prétexte à avoir un jour de congé et envie de
prendre le train pour venir rendre visite. En ce qui
nous concerne, mon père et moi (ma mère était restée à
Manosque, à la maison, non pas parce qu'elle était
royaliste mais pour ne pas, malgré tout, trop grever le
budget), on nous pria de rester à Marseille pour le soir
où l'on devait tirer un feu d'artifice. Nous restâmes et,
ma parole, on le tira.

Si, à ce moment-là, on avait parlé de Chinois, tout le
monde aurait bien rigolé, sauf moi et les enfants de
mon âge. Car nous nous achetions des petits Chinois,
ou, plus exactement, *nous les sauvions*. Nous les sauvions
des cochons. S'il faut à ce sujet particulier faire appel à
des documents, j'en ai un. C'est une petite image,
format Sacré-Cœur de Jésus, qui représente la scène
suivante : un missionnaire avec une longue barbe noire
et ayant dans sa contenance et sur les traits un grand
air de noblesse, s'avance vers un Chinois. Celui-ci,
classique : chapeau en abat-jour et natte dans le dos,
s'apprête, suivant sa coutume, à jeter sur le fumier un
petit enfant nu. Un cochon est là, prêt à dévorer le
bébé, comme d'habitude. On sent que le missionnaire
est concentré, qu'il irradie de la puissance (de la
puissance occidentale) ; il a même comme un halo
derrière la tête. Mais comme, en fait de bébé et de
cochon, il ne faut rien laisser au hasard, le saint
homme tient en ses mains quelques pièces d'or. L'or !
Langage jupitérien et international ! Danaé et le
Chinois ! On sent que ce dernier ne résistera pas. On
est soulagé.

Or, pour parler ainsi, cet or c'était moi, c'était nous,
nous les hommes qui avons maintenant soixante-dix à
soixante-quinze ans et bonne mine, qui le donnions. Il

y avait la « Société des petits Chinois ». Je donnais un
sou par mois à cette société (un sou de 1900) ; tous mes
camarades en faisaient autant ; certains, les riches,
donnaient deux sous. Quand arrivait l'échéance de ma
dette si, pour des raisons extra-orientales, ma mère ne
me donnait pas mon sou, la bonne sœur attendait un
jour ou deux puis me disait : « Alors, Jean, tu oublies
ton petit Chinois ? » C'était déchirant. Parfois, ma
mère avait de trop bonnes raisons pour ne pas me
donner le sou. C'était le prix d'un goûter, c'était le prix
d'un litre de vin ; c'est ce qu'elle mettait une demi-
heure à gagner, le fer à la main, si on peut dire (elle
repassait du linge), mais il était trop horrible d'imaginer le saint homme sans son or dans la main ; le
Chinois refusait l'enfant et le cochon se mettait à table.
Je réclamais timidement à ma mère. En période
critique, j'aime autant avouer que les petits Chinois et
la bonne sœur s'entendaient dire deux mots par ma
mère qui, si elle n'avait pas le sou, n'avait pas non plus
la langue dans sa poche. Enfin après forces
contraintes, j'arrivais toujours à régler un peu en
retard le sort d'un petit Chinois (je m'excuse auprès de
lui si mon retard involontaire lui a coûté quelques
doigts de pied). Je pouvais de nouveau regarder du
côté du soleil levant avec la conscience du devoir
accompli.

Une époque qui sauve les petits Chinois de la dent
des cochons, même à la petite semaine, est à mon avis
à considérer sans dédain. Pour revenir à mon idée :
cette société de sauvetage ne pouvait séduire que des
esprits libres. Je ne parle pas pour mes camarades et
pour moi. A cinq ans nous étions forcément des esprits
libres comme l'air, mais nos parents (je parle des
miens et de ceux de mes camarades) gagnaient leur vie

à la sueur de leurs fronts. Mon père évidemment avait suivi le corbillard des pauvres de Victor Hugo, c'est tout dire, et il en avait encore la larme à l'œil : on lui aurait demandé un gros effort pour les petits Esquimaux et les enfants fuégiens, il y aurait allégrement consenti, mais ma mère était plus prudente. Cependant, ses colères quand je lui réclamais le sou pour lequel j'étais en retard venaient plus du fait qu'elle était en retard pour le donner et dans l'incapacité d'en donner deux que du désir de le garder.

J'ai l'impression qu'après ces menus souvenirs sans intérêt ni importance, il n'est plus très nécessaire de parler de toutes ces prisons idéologiques dans lesquelles notre esprit est désormais condamné à faire des chaussons de lisière pour les grands Chinois, les grandes philosophies sociales et les quatre ou cinq Grands.

Humilité, beauté, orgueil

Devant ma terrasse, on a gardé un champ de lavande en fleur pour la graine. Il est couvert d'une nuée de papillons. Ce matin il y a une pointe de mistral bon frais, assez fort pour courber la pointe des cyprès. Je m'attendais à voir tous ces papillons emportés et dispersés. Pas du tout. Ils n'ont pas l'air de se soucier de ce vent qui cependant m'oblige, moi, à faire un certain effort pour aller contre lui. Eux, ils vont contre le vent avec aisance. C'est même mieux encore : ils vont comme s'il n'y avait pas de vent du tout. Or, il s'agit du papillon le plus commun, le vulgaire blanc du chou : la piéride. Il n'est pas taillé en grand voilier comme le machaon et l'apollon; ce n'est pas un aristocrate, c'est un simple campagnard. Sur le moment, je n'en crois pas mes yeux. Il faut que je voie les arbres bouleversés, il faut que je sente l'effort que je dois faire, moi, pour marcher, pour être bien certain que ce vent, comparé à la fragilité de l'animal, devrait être à son échelle aussi catastrophique que le sont à la nôtre les typhons à prénoms féminins qui dévastent les Florides, font cent morts, décoiffent les maisons, emportent les automobiles et déracinent les chênes. Les muscles du papillon de chou sont minuscules. Et il résiste. Non seulement il résiste mais il fait exactement comme si ce vent n'existait pas. Il suffit de cinq minutes devant ce spectacle pour comprendre que nos avions ne sont somme toute que des appareils de prothèse ; que notre ingéniosité, notre science sont peu de chose.

Et je n'ai qu'à tourner mon fauteuil pour être une fois de plus remis à ma place. Entre les branches de ma treille de roses, une araignée s'est installée. C'est également la plus commune des araignées. Je n'ai pas eu la curiosité de chercher son nom, mais j'en vois partout de semblables ; elle n'est pas rare. J'en ai dans mon poulailler, contre les poutres de mon hangar. Je parle de celle-là parce qu'elle est sous mes yeux et qu'il y a plus d'une semaine que je l'observe.

Elle a arrimé sa toile qui a bien un demi-mètre carré de surface à un branchillon de roses, à l'aspérité d'un volet et au coin de la porte de ma bibliothèque. Ces câbles d'arrimage sont posés à l'endroit exact où ils doivent l'être pour que tout l'appareil soit en équilibre parfait, à la fois solide et sensible au plus léger attouchement. Cela n'est pas nouveau. Aussi bien n'est-ce pas ici une leçon d'ingénieur des Ponts et Chaussées qu'on va me donner, mais de morale ou, plus exactement, de caractère. Car, ne sommes-nous pas (comme de notre intelligence) infatués du caractère de notre condition humaine ? (Ne serait-ce que pour orgueilleusement en souligner le tragique...)

Chaque soir, la toile de cette araignée est en lambeaux et les lambeaux eux-mêmes encombrés de brins de paille, de feuilles sèches et de détritus. Chaque soir, l'animal vient la débarrasser de tout ce qui l'encombre. Elle procède avec méthode et délicatesse. Après quoi, chaque soir, la fileuse se met à filer le fil et à tisser de nouveau la toile ; chaque soir elle le fait sans hâte, dans l'ordre le plus parfait. En se plaçant d'une certaine façon, on voit luire tous les dessins et toute l'architecture. C'est non seulement admirable mais c'est chaque fois admirable de la même manière. Jamais de hâte, jamais de ravaudage mal fait, jamais d' « après moi le déluge ». Inlassablement, chaque soir, le même soin est apporté, les fils sont placés les uns à côté des autres, à la même distance ; la même merveille est reconstruite. On sent que ce travail est la raison d'être de l'être animé qui l'exécute. Combien d'hommes pourraient en dire autant ?

Je trouve qu'à côté de l'humilité qui devrait emplir nos cœurs, l'humilité dite « chrétienne » est encore trop entachée d'orgueil.

*

Il fait tellement chaud dans la journée que le soir nous restons le plus longtemps possible au jardin. Nous parlons à bâtons rompus avec un de mes visiteurs italiens. Hier soir, c'était de l'incidence des décisions gouvernementales sur le franc et le change. Nous étions touchés à la poche. La fraîcheur prédisposait à l'utopie ; nous nous laissions aller.

« Vos plus grands pourvoyeurs de devises en Italie, dis-je, sont vos artistes. Fra Angelico fait marcher plus d'autos italiennes qu'un puits de pétrole dans les Abruzzes, et Giotto vaut au moins quatorze hauts fourneaux. Il est vrai que vous avez pris un soin exquis de votre héritage. Il n'est pas possible d'imaginer que, depuis cinq cents ans, vous ayez constamment pensé à la bonne affaire que vous faites aujourd'hui. C'est donc votre amour du beau et votre goût qui sont récompensés. J'admire le soin avec lequel vous sauvegardez en entretenant les choses du passé. Vous ne faites presque jamais de faute. Quand, malgré tout, vous en faites une, elle n'est que vénielle et ne gêne guère l'admiration. Je pense en disant ça à une terrasse de café sur la place de la Seigneurie, à Vérone. Ne parlons pas de la publicité alignée sur vos autoroutes : on l'oublie à Sienne, à Orvieto, à Tarquinia, à Assise, à Pérouse. En France nous n'avons pas cette publicité, tout au moins pas encore ; par contre, nos beautés, nous les traitons par-dessous la jambe. Nous avons, bien entendu, un organisme qui protège nos monuments. Bien qu'à une certaine époque, un parti politique qui était au pouvoir à Nîmes voulait raser les arènes pour construire à la place un stade municipal. Et a failli réussir. Nous allons même jusqu'à avoir aussi un autre organisme qui protège soi-disant les sites. Encore faudrait-il s'entendre sur ce qui réclame cette protection. Vous le savez sans doute : nos municipalités sont maîtresses dans leurs communes. Nous supposons que le suffrage universel leur a, en les portant au pouvoir, donné toutes les qualités. Ce n'est pas souvent le cas. Ce n'est jamais le cas. Qui va décider que ce site va être protégé et celui-là non ? Quelle est la qualité du site qui va (ne disons même pas automatiquement) déclencher la protection ? Je connais un petit village dans le Var (pourquoi taire son nom ? C'est Saint-Martin-des-Pallières) qui a fait classer une prairie. Parce que cette prairie mettait une belle tache de vert sombre sur un tertre où, en effet ce vert était une bénédiction pour l'œil. Bravo ! Il ne fallait que quelques hommes intelligents : peut-être un seul a suffi, qui a persuadé les autres. Ici le problème est le même. Vous avez pu vous rendre compte que

nous ne sommes pas gâtés en frondaisons et en
verdures. Nous sommes au pays des coupeurs
d'arbres. Ils ne peuvent pas supporter la vue d'un
platane libéré des tailles municipales, d'un beau
peuplier ou d'un tremble. Dès qu'il y en a un, ils
arrivent avec des scies. Nous avions aussi une très belle
prairie : une seule. D'un de nos plus beaux boulevards
elle offrait ce qu'on appelle une vue splendide ; en
réalité elle faisait plus : elle donnait un magnifique
repos d'esprit dans un paysage qui a des qualités,
certes, mais pas des qualités de repos. On a précisément choisi cet emplacement pour y construire des
écoles, qui seront d'ailleurs hygiéniquement mal placées. Mais, placées là, elles se verront et seront
désormais des arguments électoraux à crever les yeux.
On prétend qu'il faut être moderne. Je n'en disconviens pas. Ne pourrait-on pas être moderne sans être
bête ? Ce pays (vous l'avez vu en arrivant) « a quelque
chose de Viterbe ». Avant tout ce modernisme il avait
mieux, il était lui-même et très extraordinaire : une
sorte de capitale de Haute-Provence avec son style. Ce
style a disparu. Si nous l'avions encore nous aurions
quelques pourvoyeurs de dollars et de sterlings de plus
pour venir goûter son charme ou l'étudier. Répété cent
fois, mille fois, voilà aussi quelques puits de pétrole et
qui ne sont pas dans le Sahara.

— Nous avons eu Dante, a répondu l'ami italien.
Nos municipalités ont peur de l'enfer. »

*

Le *petit* architecte, celui qui s'installe dans un chef-
lieu de canton pour gagner de l'argent, créer des
chantiers parfois de toutes pièces, se faire ce qu'on

appelle une situation (de chef-lieu de canton), avec
auto du dernier modèle, compte à la banque régionale
et possibilité de parties fines avec sa secrétaire, se
soucie des règles divines comme de sa première
barrette. Il veut étonner (pour attirer le client, et
surtout le gros client : la commune). Comme ce n'est
pas un aigle (sinon il n'aurait pas les soucis bourgeois
dont je viens de parler), il copie, ou simplement il
prend le contre-pied. Si les maisons anciennes sont
basses, il les fait hautes ; si elles ne sont éclairées que
par d'étroites meurtrières, il les éclaire par des baies ;
si elles sont crépies de chaux, il les badigeonne de
produits chimiques indélébiles : rouge tomate, jaune
canari, violet évêque, vert bronze, etc. Le maire, qui
est maître en sa commune, lui commande hôpital, salle
des fêtes ou collège ; toutes les Madame Bovary du
canton veulent leur villa sur ce modèle moderne. On
installe de monstrueux H.L.M., sans vouloir un instant entendre parler de beauté, et j'ai vu des gens de
goût, effrayés à l'idée qu'ils allaient être en retard d'un
pas sur le progrès, avoir honte d'admirables maisons
ancestrales, au style noble, venu du fond des temps. A
l'usage évidemment on s'aperçoit que les grandes baies
laissent passer le froid et l'insupportable chaleur ; que
la maison haute est rapidement dégradée par le vent ;
qu'on est moins bien dans la construction de l'architecte local que dans la construction des maîtres
maçons d'il y a cent ans.

Toutefois le mal est fait, le paysage est détruit. On
habite désormais dans un site inharmonique. Cette
cacophonie, si elle est insupportable aux âmes sensibles, installe dans les âmes insensibles le besoin d'aller
plus outre dans ces fausses voies où elles espèrent
trouver une sorte de contentement qu'elles avaient,

qu'elles n'ont plus. C'est ainsi qu'après toute une contrée, tout un pays peut s'enlaidir, et de plus en plus car, à l'origine de cette laideur, il y a quelqu'un qui pense profit au lieu de penser architecture. Toute une population est mal à l'aise, sans savoir pourquoi.

Il me semblerait passionnant, quant à moi, de faire du nouveau en continuant à obéir aux règles immuables. On me répondra qu'on le fait dans les grandes lignes; même dans ces grandes lignes on est sur le point de ne plus le faire. Un toit, par exemple, destiné à abriter, avait encore jusqu'ici la forme logique d'une tente : deux pentes, ou quatre pentes sur lesquelles ruissellent les eaux. On a fait l'inverse (pour faire du nouveau à tout prix). Ce sont des pentes qui font ruisseler les eaux, non plus hors de la maison mais dans son centre, où l'on a mis tout ce qu'il faut, bien entendu, pour qu'il ne pleuve pas dans la maison. C'est l'exemple d'une complication inutile. Qu'un petit architecte local parte de là pour imposer à tout un canton ces toitures à l'envers, semblables à des bonnets à deux pointes, et nous voilà dans un monde de fous.

On me dit, et je sais, qu'il faut aujourd'hui loger beaucoup plus de gens qu'il y a cent ans. Cette raison n'explique pas ces déraisons. Toute la technique moderne n'empêchera pas la chaux d'être un enduit noble qui absorbe la lumière et s'en colore comme s'en colore tout le reste du paysage. Pourquoi ne pas mettre les moyens de la technique moderne au service des règles divines qui créent autour de nous la beauté naturelle ? Est-ce que le toit aux pentes renversées, et toutes les acrobaties de pilotes et de flèches porteuses (simples manifestations de l'orgueil) permettront de loger plus de gens et plus confortablement que l'ancien toit et l'ancienne assise de quatre murs bien d'aplomb? Je ne pense pas, et je n'imagine pas la France entière couverte de ces constructions; et, si je l'imagine, c'est pour, en même temps, imaginer de la fuir.

Les raisons du bonheur

Les raisons du bonheur sont la plupart du temps fort simples. Il y a les passions, mais il y a la découverte du monde. Cette curiosité peut se contenter sur place. La matière que l'homme manipule dans son travail est un élément important de bonheur. La sensualité s'y satisfait.

Du temps de ma jeunesse, il y avait dans nos régions des marchés de soie naturelle. On étendait des draps blancs sur le champ de foire et on entassait les cocons sur ces draps. Alors que les grands débats paysans d'achats et de ventes se font d'ordinaire dans un assez grand brouhaha, celui-ci était silencieux. A côté de chaque tas de cocons se tenait, debout, une femme noire. On me dira que cette paysanne, qui était allée cueillir la feuille de mûrier, qui avait nettoyé sa magnanerie, surveillé la montée des chenilles et fait un métier malodorant, ne pouvait pas porter de robe de soie. J'ajoute qu'elle ne l'imaginait guère et qu'elle se plaçait tout naturellement elle-même *au-dessus* de celles qui en portaient. Le plaisir de se vêtir de soie était dépassé ; elle le laissait aux autres. Le silence du champ de foire marquait d'ailleurs qu'on était en train de se livrer à un commerce agréable. C'était au plein du beau temps ; le soleil se promenait dans de l'or. Les courtiers allaient de marchande en marchande, examinaient soigneusement les cocons qui étaient semblables à de petits objets d'art chinois.

A peu près à la même époque, je voyais mon père travailler le cuir. La mode, pour les femmes, était aux bottines de chevreau glacé. Si l'on ne tient pas compte de la sensualité, mon père était évidemment dans une condition sociale dite précaire. Je ne l'ai cependant jamais vu autrement qu'heureux. Pour travailler ses semelles, il enveloppait le cuir délicat de la tige dans du coton. Une fois la bottine finie, le premier plaisir était pour lui. Ce premier plaisir, tout de contemplation de son ouvrage, tout de caresse pour ce qu'il avait fait, exigeait évidemment la perfection. C'est ce plaisir qui commandait son effort et ses soins, qui appelait jusqu'au bout de ses doigts son habileté la plus intelligente. Quand il commença à vieillir, il se rapprocha encore plus de la matière qu'il travaillait. La confection d'un simple soulier de fatigue devenait un problème exquis à résoudre. Je sais que je parle de choses très humbles, mais ne sommes-nous pas désespérés de chercher en vain le bonheur avec des moyens orgueilleux ? Il fit avec passion des souliers pour les pieds-bots, les estropiés. Il y mettait un temps infini, sans aucun rapport avec le prix qu'il faisait payer. Ceci est dit pour que M. Bata puisse rire un bon coup. Il cherchait des procédés pour rendre le cuir aussi souple que de la laine sans lui rien enlever de sa résistance. Il y perdait — diront les esprits prévenus — son temps et son argent. Il y consacrait en effet du temps et de l'argent, comme d'autres consacrent ce temps et cet argent à un voyage sur la Côte d'Azur, ou à un match de football. Qui prétendra qu'il avait moins d'esprit ?

Je ne connais personne, même parmi les têtes les plus modernes, qui soit insensible à la sensualité de la laine. Le mot même est toute douceur (encore plus le mot anglais). Je me souviens d'avoir vu, à Fort William, en haut de l'Écosse, des étoffes de laine ayant la couleur exacte des moors que je venais de traverser. Nous sommes restés, ma fille et moi, en contemplation devant la vitrine. Fort William n'est pas une grande ville, loin de là : c'est un village de deux mille cinq cents habitants. Nous ne pensions, ma fille et moi, ni à des jupes ni à des vestes. C'était un plaisir de sensualité pure. Nous avions envie de toucher cette laine, de nous en caresser le visage, de nous en envelopper. Nous n'avons rien pu acheter parce que, naturellement, nous n'avions pas beaucoup de livres, mais je ne le regrette pas : j'en ai gardé le désir.

Dans certains meubles parfaits, on voit comment l'essentiel du bois concourt à la perfection de l'ensemble. L'amour de l'artisan pour sa matière est visible. La coloration de la fibre, le dessin de ses veines et de ses artères, sa souplesse ou sa rigidité ont commandé les formes. L'artisan n'a pas imposé un plan préconçu. Il a aimé avec bonheur, c'est-à-dire il a compris autant qu'il a voulu se faire comprendre.

Le bonheur n'est pas une découverte moderne. Il y a bien longtemps qu'on en a commencé la chasse. J'ai vu, dans un étrange désert, deux pierres énormes, quasiment impossibles à manier, même avec nos moyens techniques. Elles étaient jointes sans mortier par une ligne d'une finesse et d'une pureté inouïes. Elles dataient d'une époque bien antérieure aux époques du travail forcé. Il a fallu trouver son bonheur à faire ce joint exquis.

*

La réalité est difficile à manier. Les naturalistes prétendent qu'il faut l'employer nue et crue. Oui, si on veut faire du document ou du journalisme ; non si on veut faire du roman ou simplement un récit.

Raconter une histoire est un art ; il faut donc mentir, ne serait-ce que par omission puisque l'art est un choix. Pour si peu qu'on intervienne dans l'ordre chronologique des faits, qu'on se réserve la liberté de disposer des rapports, voilà la réalité sublimée. C'est alors que les difficultés de maniement commencent. On veut rester vrai, on ne l'est déjà plus ; on construit avec une brique en argile et une brique en pain d'épice ; où il faudrait du fil à plomb, le mur prend du ventre ; ce qui devrait être dur comme du marbre est mouvant comme du sable ; plus on s'efforce, plus on y met de soi-même : on finit par n'avoir plus sous la main qu'un matériel sans consistance, et le chantier fait faillite. Les plus adroits s'en tirent avec des procédés et finissent par obtenir une sorte de concordat ; ils sont sauvés sur le papier journal et peuvent même tirer une sorte de gloire de leur acrobatie, mais qu'il pleuve un peu, et ce qu'ils ont construit s'affaisse, se boursoufle et s'écroule.

Il y a autant de réalités que d'individus : c'est une vérité de La Palice. Je passe à côté d'un champ de blé. Il y a le champ de blé du paysan qui l'a semé, qui escompte la récolte, pense à tout ce qu'il pourra payer avec l'argent que rapportera le blé ; il y a le champ de blé près duquel je passe et qui me donne des idées de cuirasse d'or (par exemple et pour aller plus vite), d'autant que je suis en promenade avec un petit Arioste dans ma poche, et je serais plutôt tenté

d'admirer dans ce champ de blé le magnifique vert des
chardons et le beau rouge des coquelicots que j'interprète comme le travail de Cellini et du sang vermeil,
alors que le vrai paysan s'en désespère et suppute
combien ces chardons secs seront désagréables au
battage. Il y a le champ de blé de l'économiste
distingué ; il y a le champ de blé du citadin en balade ;
il y a le champ de blé de Van Gogh, mais il n'y a pas le
champ de blé du manieur de réalités. Ni le paysan, ni
moi-même, ni l'économiste, ni Van Gogh ne sommes
dans la réalité. Tout ce que nous pouvons transmettre,
c'est l'idée que nous nous faisons du champ de blé. Il
en est des êtres comme des choses. De là les passions.

Je reçois souvent des lettres dans lesquelles un
homme ou une femme m'écrit : « Vous feriez un
roman avec ma vie. » Je réponds : « Non, ni avec votre
vie ni avec la mienne, ni avec celle de personne mais
avec de la vie, oui. » Le « fait vrai » de Stendhal (vrai
pour qui ?), voyez comme il le sublimise. Il en part, il
n'y reste pas. Devant moi, une automobile écrase un
homme ; j'ai un ami qui n'est pas trompé par sa
femme : voilà deux faits vrais. Le premier est évident ;
c'est trois lignes dans les faits divers ; le second est
probable et n'intéresse personne. Si j'enquête pour une
compagnie d'assurances, je peux écrire un rapport de
cinquante pages avec l'accident d'automobile, visite à
la veuve et aux orphelins, etc. Si je suis intéressé par
cette femme qui ne trompe pas son mari, je puis rêver
autour du fait vrai, imaginer les pourquoi et les
comment. Que j'enquête pour la compagnie d'assurances ou que je rêve, dans les deux cas le roman
commence. Dans le premier cas il *semble* être construit
de faits vrais, mais subjectifs autant que dans le second
cas ; je n'ai pas besoin de passion pour déformer la

vérité : il me suffit d'être vivant pour le faire. C'est le fait d'être vivant qui m'oblige à interpréter les petits faits vrais, à en faire des « petits faits pas tout à fait vrais » et, enfin, des « petits faits vrais inventés ». Et je ne parle pas seulement des écrivains, je parle de tout le monde. Cette insécurité de la réalité est patente jusque dans les sciences exactes.

C'est pourquoi j'admire tant les livres de Georges Navel. Ici la réalité est maniée de main de maître. Elle est nue et crue, c'est incontestable ; la sublimation se fait par tendresse. C'est le grand moyen, le moyen aristocratique par excellence, le seul valable, mais qui n'est à la disposition que des véritables écrivains, de ceux qui ont quelque chose à dire et qui aiment à dire ce qu'ils disent. Il procède par une petite phrase courte qui ne tire que sa charge mais la tire avec élégance et sans fatigue. « Dormir sous les tuiles m'enchantait », dit-il. Voilà le fait vrai mais mélangé à la lueur. On trouve l'exemple à chaque ligne et toutes ces lueurs font courir le phosphore romanesque sur une réalité plus vraie que la vérité. L'homme qui est ici dépeint est l'auteur, et l'écriture n'est pas autobiographique. Il s'agit d'une opération de grand style. Présenter un personnage comme de la simple matière en mouvement est une erreur dont on ne compte plus les victimes. Ici il y a constamment l'homme et son double ; non pas la matière doublée de l'esprit (ce qui est commun) mais cette double matière dont nous sommes tous faits, qui rend nos contours imprécis et nous permet la plupart du temps d'échapper avec des blessures légères à la terrible mitrailleuse de Dieu. Cette patiente recherche du bonheur qui est la nôtre, nous la voyons ici exprimée avec une bonne foi tranquille. C'est un travail de héros grec : nous

sommes dans _Les Travaux et les Jours_ d'un Hésiode
syndicaliste.

_(La deuxième partie de cette chronique est la préface au livre
de Georges Navel_ Chacun son royaume, _Éditions Gallimard.)_

Le Zodiaque

On ne construit pas de fermes modernes. Je parle plus particulièrement d'une région délimitée au sud par la Méditerranée, à l'ouest par le Rhône, à l'est par les Alpes, au nord par le cours de l'Isère. Aussi bien dans les grandes vallées — comme celles de la Durance et de la Drôme — que dans les collines et les montagnes qui les entourent, ou dans les plaines de confluent du comtat, les paysans habitent des constructions qui datent du XVIIe ou du XVIIIe siècle. Je ne parle pas évidemment de ces « pavillons de banlieue » qui « fleurissent » dans les terres à primeurs autour d'Avignon, Cavaillon, Orange, Carpentras. La population qui vit de la culture, du transport et de l'exportation des primeurs était une paysannerie à part qui, volontairement et pour des bénéfices extraordinaires, a, par principe de base, transgressé les lois naturelles. Elle ne peut rien nous apprendre, sinon qu'on change de sens en changeant ses lois. On le voit bien, à quelques mètres seulement de distance, près de L'Isle-sur-Sorgue par exemple, où la simple route d'Avignon à Apt est la ligne de partage de deux civilisations. A droite de cette route, en allant à Avignon, les fermes sont construites de galets, crépies

de chaux, ont des murs de un mètre cinquante
d'épaisseur, sont basses et trapues, couvertes de tuiles
romaines, irisées de vieillesse, et datent du XVIIᵉ siècle ;
à gauche, les fermes sont construites de briques,
enduites de produits industriels et même de « couleurs
fonctionnelles », ont des murs de quinze centimètres
d'épaisseur, sont hautes, parfois de deux étages, couvertes de tuiles plates marseillaises d'un rouge san-
glant et immuable, et datent (les plus anciennes) de
Monsieur Fallières.

A droite se voient tous les signes d'une civilisation
paysanne que l'on pourrait dire chinoise, avec des
fumiers opulents. A gauche, les maisons ont cet air
faussement averti des médiocres qui ont enfin un
cabinet à chasse. A droite on fait de la culture
classique : blés (qui restent courts de paille), pommes
de terre dans le bas des collines ; quelques vignes et
lavandes sur les flancs ; et on chasse sur les hauteurs
du plateau. A gauche on fait de la culture intensive,
sous verre, sous paillasson ; on chauffe la fraise au
mazout, on protège la fleur de pêcher en faisant brûler
de vieux pneus ; on va se distraire à Cavaillon, au
cinéma et dans les bals ; on a parfois la télévision, on a
en tout cas toujours le téléphone et la radio, ne serait-
ce que pour connaître les cours de la Bourse ou les
nouvelles internationales, le monde entier répugnant
à la fraise en janvier pour un simple mal aux dents
russe.

Cette gauche (de la route d'Avignon à Apt) ne peut
rien nous apprendre. Dans trois ou quatre cents ans,
s'il en reste encore des poussières ou des tessons, ces
débris seront peut-être alors pleins d'enseignements ;
pour l'instant, il ne s'agit que d'un vaste Aubervilliers
ou Kremlin-Bicêtre, habité par des gens qui ont gagné

beaucoup d'argent en perdant leur qualité. Par contre, le côté droit apparaît comme la figure éternelle de l'habitat rural. D'un côté les fermes s'appellent (comme il se doit) : « Mon plaisir », « Sam suffit » ou « Villa Jeannette » ; de l'autre elles se nomment : « La Margotte », « Le Criquet », « La Commanderie », « Le Paon », « Le Moulin de Pologne » et même « La Pertuisane »... Mais c'est un même ingénieur du génie rural qui s'occupe du côté droit comme du côté gauche.

J'ai assisté, il y a quelque temps, à une conversation entre un paysan de ce côté droit, c'est-à-dire un paysan habitant une ferme du XVIIᵉ siècle, et un ingénieur du génie rural. Le premier était un vieux bonhomme en buis, expert en moutons, en petits vignobles, en blés, en pommes de terre, en lavandes. Cela se passait dans les terrains sauvages du Haut-Var, près des déserts de Canjuers. L'agriculture est héroïque dans ces régions : c'est un art de Robinson Crusoé, il y faut tout savoir faire et Dieu a décidé qu'on n'avait pas le droit de se tromper. Il y faut un art de finesse et comprendre les décrets de la Providence avant qu'ils soient exprimés. Le vieil ami chez lequel j'étais est paysan de ces lieux sans pitié depuis mille ans, si on tient compte qu'il est simplement le successeur actuel de cinquante généra-tions de sa famille qui, tantôt ici tantôt là, ont toujours été paysans dans ces régions. L'ingénieur rural était un garçon de trente-cinq ans, sorti des écoles et prisonnier de l'administration. Il s'agissait pour mon vieil ami d'obtenir une aide financière pour transformer en route une piste qui depuis des siècles permettait l'accès de la ferme. Le paysan voulait bien prendre une partie des frais à sa charge mais demandait pour le reste l'aide du génie rural. L'ingénieur vint à la ferme et j'y étais. J'y étais pour mon plaisir d'ailleurs : cette ferme est aussi belle que les plus belles et les plus anciennes maisons de Toscane. Elle a été jadis la ferme d'une Commanderie de Templiers transformée au XVIIᵉ. Elle est à la fois une sorte de monastère tibétain et une forteresse féodale. Ses bergeries ont la solennité des voûtes de cathédrales, ses ombres sont veloutées, ses couloirs sonores et son abri profondément protecteur, pour qui connaît les angoisses nocturnes et même diurnes des terres sauvages et désertes. J'y viens goûter une paix qu'on trouve rarement ailleurs et reprendre contact avec les « essences ». A noter que mon vieil ami et sa famille : sa femme, ses deux filles, ses trois fils, sont sensibles de la même façon que moi et pour les mêmes raisons ; ils comprennent tout à demi-mot. Ils paraîtraient « péquenots » à Paris, mais ici, où le Parisien paraîtrait imbécile, ils sont subtils, perspicaces et proches des dieux comme des héros grecs. L'ingénieur fit la moue devant le bel âtre qui nous ravissait et nous réunissait (il en aurait ravi et réuni d'autres) ; il parla de chauffage à mazout ; il demanda où était la machine à laver ; il entreprit mon vieil ami sur « la nécessité de marcher avec son siècle » ; il s'étonna des fenêtres minuscules qui perçaient les murs de deux mètres d'épaisseur. On lui fit remarquer qu'à l'endroit où l'on était souffle pendant au moins cent cinquante jours par an un vent non seulement à décorner les bœufs mais à emporter les bœufs eux-mêmes. Il nous fit alors un cours substantiel sur les matériaux modernes qui permettent de résister à tant de pression etc. etc. Bref, il fut très mécontent de cette ferme (qui s'appelle « Silance » — avec un *a*). Nous fûmes morigénés de belle façon. Tout le confort moderne sortait des narines de l'ingénieur comme la fumée sort des naseaux des étalons qui rongent leurs freins, et il décida que le Conseil général, l'État, la France ne consentiraient jamais à donner un centime pour permettre l'accès d'un bâtiment « aussi vétuste qu'insalubre ». On lui fit remarquer que le vétuste tenait le coup dans des conditions particulièrement dures ; que l'insalubre avait permis au grand-père de mourir à quatre-vingt-dix-sept ans et à la grand-mère de mourir à cent trois ; il ne voulut rien entendre. « A moins... à moins, dit-il, que vous ne fassiez installer au moins une salle de bains et un " water ". » Les grands mots venaient d'être lâchés.

Mon vieil ami n'est pas têtu : il a fait sa salle de bains et son water. La baignoire sert beaucoup quand on tue le cochon ; le reste du temps on la remplit de pommes de terre. Le water ne sert pas du tout. Le fumier est trop précieux. D'ailleurs l'ingénieur avait oublié qu'à Silance on n'a de l'eau que si on prend la peine de la tirer d'un puits. La tuyauterie et la robinetterie du « sanctuaire » sont factices, mais, grâce à ces subterfuges, on a pu avoir un chemin à peu près convenable.

Je suis très intéressé par les administrations et par les fonctionnaires qui veulent « *faire marcher les fermes avec leur siècle* ». On n'a pas si souvent l'occasion de rire. S'il est un mode de vie qui, au XXe siècle, soit en tout point semblable à ce qu'il était au premier, c'est bien le mode de vie paysan. Il faut en 1967 exactement autant de temps que sous Ponce Pilate pour faire germer un grain de blé. Et ce ne sont pas les laboratoires des diverses confessions politiques qui changeront quoi que ce soit avec leurs chiens à deux têtes, leurs abricots expérimentaux gros comme des citrouilles et leurs groseilles gonflées comme les ballons rouges de notre enfance. Quand on aura fini de s'amuser avec des expériences et des salles de bains, on s'apercevra que c'est le Zodiaque qui fait pousser les fruits à leur taille et à leur saison et qui construit les fermes dans les champs.

L'écorce et l'arbre

La civilisation est le résultat des combats de l'esprit humain contre l'air, la terre, l'eau et le feu. Ces quatre éléments sont restés libres et même vainqueurs quand ils s'exaspèrent, mais dans leur état normal ils ont été obligés de céder une partie de leur force, à un point tel que l'homme se sert de l'un pour combattre l'autre. Cette victoire est évidemment relative et, vue de Sirius, elle est peu de chose; à hauteur d'homme c'est une victoire enivrante et qui pousse aux délires de l'ambition. Il n'y a qu'à considérer le chemin parcouru, depuis l'étincelle tirée du silex jusqu'au brasier d'Hiroshima.

Au début du combat, l'homme ne se servait de son esprit que pour jeter sur les éléments les filets incantatoires de la fable et de la légende. Il a fallu créer Icare avant l'avion supersonique, mais pour passer d'Icare à l'avion, si on essaye de faire la somme de gymnastiques de l'esprit et de l'ordonnance des gestes auxquels cette gymnastique a présidé, on est ébloui. Il a fallu que le sang batte des milliards et des milliards de fois dans des millions et des millions de cerveaux; que d'innombrables mains se soient multipliées par d'innombrables habiletés; il a fallu une constance dans la volonté et dans l'effort ; il a fallu un désir, c'est-à-dire une direction.

C'est ainsi que tout ce qui nous paraît actuellement naturel et qui ne l'est pas, s'est fait et continue de se faire peu à peu, et par un concours. Cette faculté de concours est l'essence même de l'homme. Sans elle, rien de ce qui facilite la vie moderne, rien de ce qui la rend civilisée ne serait possible : ni les routes du ciel, ni les routes de la mer, ni les routes de la terre. Si l'on donnait à un paysan, à la place de son tracteur — sur lequel il est assis — tous les hommes qui ont concouru à faire ce tracteur, son champ serait trop petit pour les contenir. Quant aux sciences, aux habiletés qui ont présidé à ce concours, si par un procédé magique on pouvait les matérialiser, non plus organisées en tracteur (où elles ont été imbriquées les unes dans les autres et dans le seul ordre possible, chacune ayant sa fin essentielle comme les pièces d'un puzzle) mais de façon anarchique, le champ serait semblable à la forêt de Brocéliande.

Qu'on fasse par exemple l'autopsie d'une automobile. Bien que nous soyons déjà si familiarisés avec le moteur à explosion qu'il nous paraisse aussi naturel qu'une pomme de terre et que nous ne puissions plus nous représenter tout de suite et sans réflexion le poids de recherches, de désirs (donc, de direction) et d'angoisse que représente ce moteur, nous sommes éberlués par la multiplicité des problèmes résolus dans ce si petit espace et pour cette seule fin. Non seulement métal, câbles, caoutchouc, ont été placés dans un ordre dont il a fallu inventer la logique, mais encore dans chaque catégorie de matière employée il a fallu inventer des logiques et des raisons, obéir à des règles, créer des hiérarchies, perfectionner des solutions, codifier des lois, établir des équilibres, et enfin faire jouer ces lois, ces raisons, ces hiérarchies, ces équilibres, les unes par rapport aux autres. De là — si on regarde ce corps découvert avec un esprit mathématique, c'est-à-dire musical — la connaissance d'un rythme qui est l'âme de la civilisation.

Tout part de là : le directeur donnant (comme son nom l'indique) la direction dans laquelle doit se diriger le désir de créer ; l'ingénieur (comme son nom l'indique) s'ingéniant à équilibrer les lois, les raisons et les résolutions ; l'ouvrier (comme son nom l'indique) à son œuvre, c'est-à-dire faire à l'aide de la main : tous dépendant les uns des autres, indispensables les uns aux autres, créent le rythme c'est-à-dire l'âme et le corps de l'objet désiré. C'est à partir de là que les camions, les tracteurs roulent sur les routes, cahotent dans les champs, transportent, labourent, charrient, traversent la nation de part en part, faisant circuler la matière première et la matière seconde, irriguent tout un corps social de produits essentiels à la vie, au confort, aux besoins de la défense, aux secours, à l'aide mutuelle, au travail commun, à l'esprit général et particulier. Tel hameau perdu de la montagne entend monter vers lui le bourdonnement du pain, du vin et du courrier. Telle ferme isolée voit tourner autour d'elle les roues qui labourent, sèment, fauchent, ensachent, engrangent. De Givet à Bayonne, de Brest à Nice, de Dunkerque à Marseille, d'Honolulu à Karachi, du Cap à Arkhangelsk, de Sydney à Stockholm, de Punta Arenas à Fort William : les grains, les vins, les laitages, les caviars, les laines, les cuirs, les essences, les bois, les alumines, les fers et les idées s'échangent. Il n'est pas une mine, si profonde soit-elle, qui ne puisse, grâce à ce rythme, tirer ses richesses du fond de la terre et les porter jusqu'à l'embarquement, et les répandre sur le monde entier. Il n'est pas une mer, si large soit-elle, qui ne finisse à un port ; il n'est pas de port où le rythme ne vienne tourner autour des entrepôts, bittes d'amarrage, appontements, réservoirs ; il n'est pas de mer, si large soit-elle, où ne s'étende pas le halètement des machines portant grains, vins, caviars, laines, alumines, idées. Il n'est pas de maison, même la plus modeste, qui n'utilise comme produits naturels les fruits de la civilisation ; il suffit d'un gant de caoutchouc, d'un tuyau, et le rythme est entré dans la maison ; il n'est pas de divertissement, pour bucolique et virgilien qu'il soit, et le pêcheur de truite, qui chausse ses bottes à cuissards pour entrer dans le torrent, y entre accompagné de toute la composante du rythme : directeurs, ingénieurs et ouvriers.

Eux-mêmes étant dans le rythme (personne ne peut être hors du rythme) non seulement par leurs fonctions mais par leurs besoins — essence et existence si on veut — produisant et utilisant, légiférant et utilisant, dirigeant, faisant partie eux-mêmes d'un social de création, ayant non seulement les désirs (la direction) de créer l'objet mais de créer le social : toutes choses à l'infini, qui s'ajoute à l'infini de tout à l'heure dans l'autopsie de la mécanique. Les mêmes raisons qui concourent à organiser le métal concourent à organiser le social : éloigner la fatigue, éloigner l'ennui, éloigner la douleur, éloigner la mort. Directeurs, ingénieurs, ouvriers, eux-mêmes emportés par le rythme général, eux-mêmes bénéficiaires de la civilisation qu'ils créent dans le combat contre l'air, la terre, l'eau et le feu.

*

Ce que j'aime dans les villes, ce sont les arbres qu'elles contiennent. A Madrid j'ai aimé à la folie les larges boulevards ouverts à tous les vents et à tous les feuillages ; à Londres j'ai pris mon plaisir des innombrables petits parcs ceinturés de maisons rouges dans lesquels on trouve un hêtre, un tapis d'herbe et une famille de merles. Quand on va chez un architecte et qu'on regarde les maquettes des immeubles à construire, on aperçoit tout de suite, à côté de l'immeuble en réduction, de petits arbres gratuits faits d'un bout d'allumette et de quatre copeaux peints en vert. Chaque fois, actuellement, qu'un de ces immeubles est mis en construction, les gens qui viennent visiter sur place les appartements à acheter se soucient de savoir si les petits arbres en allumettes et en copeaux verts seront en réalité transformés en arbres véritables. L'architecte devrait toujours être en même temps un pépiniériste.

Pour qui habite les villes à longueur d'année, il n'y a pas de motif de rêve et d'exaltation supérieur à celui que procure la vue d'un bel arbre bien vigoureux et bien vert. En sa compagnie ses nerfs se calment, ses poumons s'exaltent, son sang s'apaise et devient d'un beau rouge. Jusqu'à présent les mouvements de l'histoire n'avaient pas permis de prévoir dans les villes de grands espaces susceptibles d'être plantés d'arbres. C'étaient les points faibles pour les sièges et les combats de rues. Mais nous sommes arrivés à une époque où les dangers, quoique aussi terrifiants que les précédents, viennent du ciel et où les besoins de notre sécurité, menacée d'un autre côté, nous laissent la faculté de vivre avec les arbres.

De graves maladies humaines : les colères collectives, les peurs collectives, les illusions collectives, sont guéries si, dès le pas de la porte, on entre sous la frondaison des arbres. Déjà les grandes municipalités s'en préoccupent. Le seul reproche que je pourrais leur faire, ou plutôt le conseil que j'aimerais leur donner, serait de varier les espèces d'arbres qui avoisinent les maisons. J'ai vu déjà qu'à certains endroits on avait substitué aux platanes un peu vulgaires le peuplier si fin, si élancé, et dont le feuillage fait le bruit des eaux courantes. Mais il y a encore des quantités de compagnons qui peuvent nous aider à vivre : le bouleau dont l'écorce est semblable à une peau de cheval ; le saule qui, par la bizarrerie de son architecture, mettrait dans les alignements une fantaisie dont nous avons bien besoin ; à noter encore que cet arbre a, au printemps, des rameaux rouges ; l'érable qui a sur le platane l'avantage de ne pas produire de fruits à poussière irritante et qui, au surplus, a, dans son comportement habituel plus de noblesse, plus d'aristocratie de forme et de couleur. Des avenues célèbres ont été plantées de tilleuls. En mai, à l'époque des fleurs, le tilleul distille un exquis parfum de fraîcheur et d'amour. Une avenue de Florence est plantée de vieux oliviers. Quand on songe aux longues années qui sont nécessaires à cet arbre pour se développer, on est frappé par la longue entreprise qui a mis ces arbres dans une ville : il s'agissait bien là d'une solide sagesse classique.

Il serait beau qu'après l'étude des terrains et des conditions climatologiques on fasse dans les villes des zones de verdure, d'essences et de feuillages différents. Si je fais taire mon goût personnel pour le peuplier d'Italie et pour le tremble, on peut encore imaginer d'employer, ce que l'on fait parfois, les acacias, les lauriers-roses et les arbres à parfum.

Il n'y a pas si longtemps que certaines villes du Midi étaient ombragées par des ormeaux. Cette essence est en voie de disparition presque partout. Ils y sont remplacés par des platanes que des municipalités peu intelligentes se sont efforcées, par des tailles monstrueuses, de rendre ridicules.

Dans certains autres villages, ou autres petites villes, des gens de goût, ou seulement sages, ont laissé prendre à l'arbre tout son essor. On obtient alors une frondaison, une majesté stupéfiantes.

Seuls dispensateurs de l'ombre et de la fraîcheur, du calme et de la raison, les arbres sont absolument nécessaires dans la nouvelle conception que les hommes se font des villes.

Karakorum

Aujourd'hui c'est une montagne âpre et déserte; si
déserte que même les plus petits rongeurs la fuient; si
sauvage que seuls quelques grands oiseaux la survo-
lent. En 1207 (il y a sept à huit cents ans, c'est-à-dire
hier), c'était une ville, une très grande ville, populeuse.
Marco Polo l'a visitée et il y est retourné de nombreuses fois. Il y avait, dit-il, plus de trente mille bains,
chauds ou froids, avec masseurs, parfumeurs, coif-
feurs, entremetteurs, porteurs, maquereaux, maquerelles, etc. etc. C'est-à-dire très civilisée. Elle possédait
cent vingt halles de marchandises, des halles de gros
commerce, des halles de petits maniganceurs, des
halles de thé, de mille pieds de longueur, des halles
d'étoffes : cachemires, soies brutes et soies travaillées.
On pouvait se divertir avec cinquante-quatre théâtres
et, par exception, cinq théâtres de femmes qui donnaient des concerts de cymbales, des danses lascives et
du chant, un chant particulièrement rauque, informe
et fortement épicé. Autour de chacun des cinquante-
quatre théâtres, de grandes avenues rayonnaient. Là,
pouvaient se voir quantités d'expositions de peinture
sur soie, sur papier, sur bois; de sculptures, de
broderies; des boutiques de librairies pleines de livres

très savants en tout, et en particulier (dans le quartier
du sud) des traités de mathématiques qui ne compor-
taient aucun zéro, ce qui n'empêchait pas d'aller
jusqu'à l'infini.

Dans le quartier ouest où le soleil se couchait vers la
lointaine Sibérie, les notables avaient des maisons
cossues, confortables et carrées, avec quatre angles très
solides, des toits en pagodes, des terrasses, des jardins
à cailloux et à sable fin, de grandes roches solitaires,
des simili-lacs, des escarpolettes, des cages à singe, des
harpes éoliennes; des orgues aquatiques, enfin des
chutes d'eau, merveille des merveilles, que le vulgaire
venait regarder béat d'admiration. On admirait aussi
les cérémonies, les processions, les enterrements, les
revues militaires, et les philosophes; car, dans ces
régions écartées, et par un certain côté déshéritées, les
philosophes constituaient en eux-mêmes un spectacle
populaire : ils hochaient la tête, ils se frisaient la barbe,
se lissaient les moustaches, valsaient, faisaient des
tours complets et des quantités d'autres choses diffi-
ciles à énumérer (dit Marco Polo).

J'ai oublié de vous dire que la ville de Karakorum,
de forme rectangulaire, avait trente kilomètres de long
et dix-huit de large, à cause des coteaux abrupts qui la
resserraient. Elle ne pouvait s'étendre qu'en longueur ;
de chaque côté de la ville, sur les coteaux riants égayés
de saules et de peupliers montagnards, étaient solidement installés des monastères d'hommes et de femmes,
des temples (six cent soixante et onze, à l'estimation
du célèbre voyageur); des séminaires, des sortes
d'archevêchés, des vaticans de toutes les sortes. Les
sectes multicolores multipliaient leurs invocations et
leurs évocations, déambulaient, s'agenouillaient, se
couchaient même dans la poussière, sautillaient, agi-

taient leurs crécelles, frappaient leurs gongs, sonnaient les cloches, soufflaient dans des trompes, agitaient des grelots, se frappaient le cœur, faisaient la quête : bref, donnaient à cette ville une belle couleur moderne (à l'époque).

Les tanneurs, les cordonniers, les tailleurs, les forgerons, les carrossiers, les chapeliers, les tisserands, les menuisiers, les charpentiers, les maçons, les serruriers, en définitive tous les corps de métiers, y compris les teinturiers avec leurs innombrables bassins ronds de toutes les couleurs, plus les foulons à feutres, et les tailleurs de pierre qui font tant de poussière, et les chaudronniers qui font tant de bruit, occupaient tout le quartier est, du côté de l'aube, et de la Chine, et de l'Inde. Chaque nuit, après tout le tintamarre de la journée, le quartier était secoué par les éclairs et les détonations de quantités de feux d'artifice : de corporations, de fêtes populaires ou d'anniversaires de grands patrons ou de petits patrons, ou par les feux d'artifice que se faisaient projeter des artisans solitaires pour magnifier quelque fête personnelle ou simplement occuper leur mélancolie.

De temps en temps, la ville était subitement secouée par quelque explosion catastrophique : c'était un atelier d'artificier qui sautait par accident.

Il y a aussi de drôles de feux d'artifice du côté des abattoirs, car pour nourrir (il y a plus de cent mille obèses, poussahs et mandarins, sans compter les fonctionnaires qui ont de gros bides) et alimenter plus de deux millions d'habitants, il faut tuer des quantités de bêtes : moutons, cochons, chameaux, dromadaires, zébus et autres délicatesses, sauf des chevaux : les chevaux sont de grands seigneurs. On n'abat les grands seigneurs que dans les grandes circonstances, par exemple les sacrifices aux dieux ou quand la patrie est en danger (c'est-à-dire quand on a la frousse). Tout ce bétail on l'assomme, on l'égorge, on le dépèce, on le saigne, on l'écartèle, on l'écrabouille et on en fait des choux gras. Mais, avant d'en faire des choux gras, on en fait des feux d'artifice de sang : cela fait partie de la ville. On ne comprendrait pas bien la ville et sa vie, si on ne voyait pas bien la cruauté naïve d'une très grande ville comme celle-là, et bien vivante. Donc, la voilà (comme dit Marco Polo).

Les rues de Karakorum grouillaient de monde : piétons, cavaliers, caravaniers, édiles, seigneurs, femmes voilées, domestiques de toutes sortes, tous portant le béret rouge de leur profession ou de leur sujétion ; servantes, portefaix, hôteliers, gendarmes et même soldats. Ce qui était un comble : les soldats n'avaient pas le droit de déambuler par les rues revêtus de leur uniforme, c'est-à-dire portant une sorte de toge jaune safran et le chapeau pointu. Mais la ville était tellement grande, la foule tellement compacte, tellement exubérante, si passionnée et criant merveille à chaque instant, que les soldats y passaient inaperçus.

On y jouait à une sorte de croquet ; on frappait avec des maillets à longs manches des sortes de boules en bois. Dans les places, le soir, on organisait des parties de barres ou à la main chaude. A certaines fêtes on faisait courir des chevaux, des dromadaires, des buffles, des chiens et même des hommes, parfois même des femmes, pour les fêtes carillonnées.

Enfin, comme pour certifier l'excellence de la civilisation extrême de cette ville, elle se convulsa trois ou quatre fois en révolution, en 813, en 924, en 1112 et en 1206, juste un an avant le passage de Marco Polo.

Ajoutons à la suite du célèbre voyageur que Karako-

rum avait un réseau très dense de distribution d'eau et
d'évacuation d'égouts ; d'extraordinaires aqueducs en
bois accrochés aux pentes les plus abruptes de la
montagne allaient capter très haut et très loin les eaux
des glaciers. De très nombreuses fontaines agrémen-
taient la ville dans les places et les carrefours, sans
compter les innombrables abreuvoirs pour les caravanes.

J'ai surtout essayé de faire comprendre que cette
ville était énorme, magnifique, cultivée, politique,
industrielle, confortable, riche, puissante, construite,
assurée de durer. Elle a complètement disparu de la
surface de la terre. A l'endroit où elle existait hier, elle
n'existe plus, sa poussière même n'existe plus : la proie
des vents, la proie de tout.

Saint Jérôme parle d'une autre ville. Elle s'appelait
Poplicola, c'est-à-dire « ami du peuple », ou « constructeur », ou même « organisateur » du peuple. Elle
était assise dans les sables de la Transoxiane. Elle
aussi avait des milliers de bains, des milliers de
maquereaux et de maquerelles, des notables obèses,
des teinturiers maigres, des cordonniers frondeurs, des
soldats à chapeaux pointus, des litières, des dromadaires, des domestiques à bérets rouges (sauf qu'ils
portaient le turban noir), des servantes menteuses, des
caravanes, des chiens, des chevaux, des mulets et tout
ce que nous avons vu à Karakorum.

Sauf des quantités de choses qui manquaient ou qui
étaient différentes. Par exemple il n'y avait pas d'aqueducs et pas d'eau dans la montagne. Il fallait puiser
l'eau dans l'Oxus. Pour le faire, les ingénieurs de
Poplicola avaient construit d'énormes roues à godets
qui tournaient dans le flux du fleuve et projetaient à
tours de roues l'eau que recueillaient de grands bassins

en forme de pyramide tronquée. Ce qui différait aussi
de Karakorum c'étaient les élégants bosquets de
peupliers et de saules qui ombrageaient les faubourgs
de la ville. Ces bosquets étaient cultivés par industrie
et à grand-peine. Le sol, très aride, partie de sable et
partie d'un conglomérat de silice et d'argile, ne
permettait la culture des arbres qu'à force de travail,
d'arrosages et d'obstination. Saint Jérôme observa au
surplus que cette obstination, ce travail exténuant ne
produisaient que de l'ombre ; ces jardiniers ne culti-
vaient pas des vergers à fruits mais seulement des
arbres pour leur élégance et leur ombre. C'est à
considérer ; digne de remarque, le désert tout autour
était renfrogné et même absent de toute géométrie. Il
s'agit donc de Poplicoliens très évolués : donc des gens
armés contre les circonstances. Ils possédaient également de nombreuses armes matérielles. Ils avaient
trouvé d'abord (comme tout le monde antique) la
vitrification du sable ; mais ils avaient obtenu un
procédé chimique, inconnu et perdu, pour rendre le
verre plus dur que l'acier. C'est dans cette matière
qu'ils avaient construit leur ville.

Disons tout de suite que Poplicola était ronde, et de
quarante-huit kilomètres de circonférence ; sa population dépassait le million, parfois même deux millions
quand les caravanes de la soie se donnaient rendez-
vous dans la ville, ce qui arrivait souvent en mai.

Les Poplicoliens étaient des alchimistes renommés.
Ils ont trouvé le feu grégeois dont notre chimie
moderne n'a pas pu retrouver la formule ; ils ont réussi
un amalgame de verre et de bronze pour les constructions ; ils faisaient constamment et le plus facilement
du monde des soudures très compliquées entre les
métaux les plus irréconciliables ; ils ont inventé, c'est-

à-dire qu'ils ont créé de toutes pièces, une hiérarchie des formules chimiques jusqu'aux gaz les plus subtils et à partir des matières les plus compactes. On ne s'arrêterait pas d'énumérer les applications de leur science.

On voit bien que saint Jérôme cherche à faire le catalogue de toute la puissance, toute la civilisation, toute la certitude de vie de cette ville de la Transoxiane ; comme l'a fait Marco Polo pour la ville de Karakorum dans les montagnes.

Or, comme Karakorum, Poplicola a été effacée de la surface de la terre, même effacée en esprit, en puissance d'esprit et en puissance pure. Rien : ni pierre sur pierre (et il s'agissait de blocs de terre durs comme de l'acier conjugué à du bronze), ni même poussière sur poussière. Rien ne reste : pas un tesson, pas un vestige, le néant total. Tout ce qui vivait, construisait, politiquait, aimait, détestait et s'enorgueillissait de sa puissance : tout a été anéanti. Et c'était hier. Et sans catastrophe, sans cataclysme : par la simple force des choses.

N'allons pas si loin dans le temps ni dans l'étendue. Parlons seulement d'une chose que je connais. Il ne s'agit plus ni de Marco Polo ni de saint Jérôme mais de moi-même, humblement. Et cette fois il ne s'agit pas non plus d'hier : c'est aujourd'hui.

A cinquante kilomètres de mon bureau de travail où j'écris, il y a — ou plus exactement il y avait — un gros village de plusieurs milliers d'habitants dans la montagne. Il s'appelle Redortiers. Il a encore un nom sur la carte Michelin, à onze kilomètres au nord de Banon.

J'ai trouvé les débris de ses archives. On voit par exemple qu'en 1806 (ce n'est plus hier, c'est aujourd'hui) la conscription a donné cent vingt-quatre conscrits dont seize d'ailleurs ont pris la poudre d'escampette, et que l'administration a mis des garnisaires dans les familles des seize déserteurs. On voit en outre qu'à Redortiers il y avait neuf notaires ; je dis bien, et exactement, neuf notaires. J'explique ces neuf notaires. Ces notaires étaient chargés de peser la laine brute des moutons, la laine filée et de mesurer le drap. D'où un grand nombre de notaires. Il y en avait aussi dans tous les gros villages de la région. Redortiers avait, sur un petit cours d'eau complètement tari maintenant, trois moulins à foulon pour faire le feutre. Cette industrie du feutre employait deux cent treize ouvriers à foulon et teinturiers à garance. La pêche était réglementée (j'ai encore le règlement chez moi) et il n'y a plus aujourd'hui dans le lit de ce ruisseau que lézards, couleuvres et sauterelles.

Comme Karakorum, comme Poplicola, Redortiers. Là — mais c'est aujourd'hui — restent encore quelques vestiges, quelques chicots de murs et des renards.

Et Paris ? Et Londres, et Moscou, et New York, et finalement Rome ? *Sic transit.*

La hideuse province

Quelqu'un a dit récemment : « Ce mot hideux : la province ! » Hideux : c'est-à-dire difforme à l'excès (d'après Littré) ; horrible à voir, ignoble, repoussant. La Province, c'est-à-dire (encore d'après Littré) : « pays conquis hors de l'Italie, assujetti aux lois romaines et administré par un gouverneur romain ». Et encore : « Anciennement en France, étendue de pays gouvernée au nom du souverain par un gouvernement particulier » ; ou bien : « Tout ce qui est hors de la capitale. » Eh bien ! voilà des sens précis. Il n'en manque pas des pays qui sont hors de la capitale : l'Oklahoma, le Sin-kiang, le désert de Gobi, les oasis du Tarim, la lointaine Thulé — où cependant éclatent d'extraordinaires aurores — la Nouvelle-Zélande, voire les Îles-sous-le-vent, ou de la Sonde, ou de Pâques, de Juan Fernandez, Sainte-Hélène, Tristan da Cunha etc., y compris les étendues du Pacifique et de l'Atlantique où folâtrent les léviathans ; sans compter, bien entendu, les Basses-Alpes, les Girondes, les Meurthe-et-Moselle, les Creuses, les Nords et les Bouches-du-Rhône, et ainsi de suite.

Il y a maintenant soixante et quatorze ans que je vis en province (ce mot hideux !). Je ne suis pas particuliè-

rement coriace; je déteste naturellement l'ignoble; je
suis même fabriqué de telle façon que ce qui est
repoussant me repousse. Comment ai-je fait jusqu'à
aujourd'hui pour rester en province; pour y rester
vivant et même pour m'y développer? Car le fait est:
est-ce que je suis un monstre ou une exception (ce qui
revient au même). Je me tâte, je suis intact; la hideuse
province ne m'a pas écœuré: mon cœur est frais
comme la rose. Que se passe-t-il?

Je connais un quartier particulier dans le fin fond de
la province la plus dite « hideuse ». C'est une montagne d'altitude moyenne, rase et en plein milieu du
vent. A des centaines de kilomètres à la ronde il n'y a
pas la moindre usine, pas le moindre moteur à
explosion; l'air légèrement parfumé de lavande et de
résine de pin, depuis qu'il est né et fait au monde, n'a
jamais été mélangé à aucun gaz d'échappement, à
aucune fumée chimique. Quand je respire, c'est une
gourmandise. Mes poumons sont (dans cet endroit
« hideux ») un appareil de connaissance, comme ma
langue, mon palais. Je savoure, quoi? Le simple fait
de respirer. Je ne sais pas si cet air me fait du bien,
je ne suis pas docteur, mais je prends plaisir à
respirer; je me dilate; je me dilate parce que je me
délecte.

On me dira: « C'est tout ce que vous trouvez à
répondre? De l'air! Vous manquez vraiment d'arguments. Qu'est-ce que vous voulez que nous en fassions
de votre air? On vous voit venir; vous allez nous
parler aussi du vol du martin-pêcheur, du vent dans
les hêtres ou des cris éperdus des corneilles dans les
landes désertes. Vous allez nous dire qu'il y a des
quantités de Bovary, Madame de Rénal, curé de Tours
et autres Rabouilleuses à rencontrer et à voir. De

quoi voulez-vous que nous fassions notre miel avec vos
Scènes de la vie de Province, avec votre Far-West, avec
vos colonels Sartoris, avec vos Oncles Vania ou avec
vos Tchitchikov ? Nous n'avons que faire de vos
auberges espagnoles, de vos chevaliers de Triste
Figure ; Maritorne, Dulcinée et autres phénomènes :
c'est lampe à pétrole et navigation à voile. Vous datez ;
nous sommes modernes. Ce qui importe pour nous
c'est le Pot-Bouille et le Pop' Art, la fermentation sur
place, sur le tas et en tas ; l'eau trouble dans laquelle
on pêche ; la Poldavie et Hégésippe Simon en personne, les trucs, les tracs et les trictracs ; la libération,
à condition qu'elle ne soit que sexuelle ; le stade cent
mille places, mais assises, le vase clos, le sens interdit,
le sens giratoire, le disque bleu, le parking, le drugstore
et le grill. Votre espace libre, ou plus exactement vos
espaces libres au pluriel, nous en avons horreur, nous
les trouvons " hideux " ; ils nous gênent ; ils nous
empêchent de nous concentrer ; dans vos espaces
libres, les choses, les gens, les pensées nous échappent,
foutent le camp : c'est l'expression juste. Or, justement, au contraire, nous voudrions que les choses, les
gens et nos pensées se contractent, se resserrent,
s'agglomèrent. Nous détestons les espaces libres ; nous
avons nos théâtres, nos stades, nos Sorbonnes —
même si elles chahutent un peu, c'est en vase clos et
elles finissent toujours par retomber sur leurs pattes ;
nous avons la presse, la messe, les mères abbesses :
enfin, tout le tremblement. Qu'est-ce que vous voulez
qu'on en foute de votre air ? »

   Oh ! Moi, rien. Je vais continuer à respirer cet air
« hideux » et je vais suivre ma petite vie hideuse.
Depuis le temps, j'ai dû acquérir le complexe de
Mithridate. Je ne « changerai » pas à Marbeuf (ou

Franklin-Roosevelt) à l'heure de pointe. C'est précisément, en cette saison, l'heure où je m'apaise devant
le crépuscule rouge; tant pis pour moi. Je ne serai
pas un « mutant moderne » à force de gaz d'échappement; je me contenterai du vieil oxygène, comme la
marine à voile. Je vais être contraint de vivre *sub
tegmine fagi*; je prévois que peut-être je vais être obligé
d'aller pêcher l'écrevisse avec de hideux personnages
semblables à moi, à moins que je ne puisse me
dispenser d'aller remonter à coups de fouet contre la
truite dans des torrents d'eau claire, peut-être verte,
même fraîche et, hélas! pure. J'aurai du temps; loin
du combat contre la montre, je ne serai jamais un Cid
du chronomètre; que j'en perde l'espoir à tout jamais.
On va me laisser à mes pensées, et ce seront peut-être
même les miennes (oh! horreur!). Je vais avoir de
l'aisance aux entournures, totalement privé de coude à
coude, de branche à branche, de fesse à fesse et du
remugle social.

Me voilà donc définitivement « confiné » dans les
vastes espaces, l'architecture des arbres, le silence.
Dernièrement, j'étais dans le fin fond du hideux,
comme dit l'autre. Je parcourais à mon gré et à mon
aise des quartiers oxygénés, sur une terre flexible
fourrée de quelques bois de hêtres, couverte de cette
herbe d'automne appelée saxifrage gris qui, en novem-
bre, est dorée. Je respirais (par force, hélas) une odeur
mélangée de lavandes et de champignons. Et soudain,
mon pas s'étouffant dans la mousse, j'entendis — c'est
le cas de le dire — le silence.

Le silence! Comment en parler? On ne sait plus ce
que c'est, à la capitale. Vous avez sans doute des
lettres, Monsieur, je vais donc essayer. Tout le monde
fait un chahut infernal, rien qu'avec le soleil : en

haletant, en sifflant, en toussant, en crachant (sur
des quantités de choses); en frottant des pieds, en
battant des mains, criant « haro! vive! ou à bas! »;
discutant, discourant, discernant, démontant, détrui-
sant, arrachant et l'et cœtera quelconque. Vos
machines gueulent, vocifèrent, clament, grincent,
mugissent, rugissent, chantent à tue-tête; vos usines
grondent, vos Bourses glapissent, vos deux chambres
éternuent sans arrêt. A chaque instant les cloches
sonnent, les tambours battent, les tam-tam télégra-
phient; les cortèges s'ébranlent, les drapeaux claquent, les chapeaux claquent; on claque des têtes à
claque et en avant la musique, les orphéons, les
orgues, les chœurs, les clameurs, les clairons, les
trompettes, les trombones, les tromblons, les trouba-
dours, les troupes et les troupeaux; sans compter la
basse continue de l'argent qui grommelle sans arrêt
dans les tiroirs-caisses.

Bon. Écoutons maintenant par exemple la dernière
scène d'*Oncle Vania*; cette pièce de Tchékov est bien
le prototype de « ce mot hideux : la province ». La
nièce et l'oncle sont penchés maintenant sur leurs
registres et leur boulier. Les hurluberlus de la capitale sont partis; ils ont emporté avec eux leurs
agitations stériles, leur incohérence et le silence pro-
vincial retombe.

« — Allons, oncle Vania, mettons-nous à un travail quelconque.

— Au travail, au travail!

— Veux-tu qu'on commence par les factures?
Tous les deux écrivent, silencieux.
Quelqu'un dit (Astrov) :

— Quel calme!
Les plumes grincent, le grillon chante. Il fait

chaud, bon. On n'a pas envie de partir d'ici. Le domestique (Téléguine) entre sur la pointe des pieds, s'assied près de la porte et accorde doucement sa guitare. La nièce (Sonia) dit :

— Nous allons vivre, oncle Vania. Nous allons vivre une longue, longue file de jours, de soirées, nous allons patiemment supporter les épreuves que nous inflige notre sort... Nous allons avoir, tous les deux, mon cher oncle, une vie lumineuse, belle, harmonieuse, qui nous donnera de la joie, et nous penserons à nos malheurs d'aujourd'hui (la turbulence des hurluberlus qui sont partis) avec un sourire ému, et nous nous reposerons. (Téléguine joue doucement de la guitare. Le veilleur de nuit tambourine. Marie prend des notes en marge de son livre. Marina tricote son bas.) Et le rideau tombe lentement. »

Cette chute de rideau, c'est notre vie, cher Monsieur. Dramatique, certes, mais pas dans votre sens. Nous ne plaignons ni la nièce, ni l'oncle, ni Marie, ni Marina la domestique, ni Astrov le médecin, mais les malheureux pantins qui sont partis à leur destin de tumulte et de vacarme. Ici, dans le domaine (dans notre province), s'étend le silence.

Le silence bénéfique ; le silence : le plus grand luxe du monde, que les milliardaires eux-mêmes ne peuvent pas acheter ; la paix, le temps. Nous avons le temps (formule très rare). Dans un moment nous allons entendre la nuit, les rumeurs confuses, l'aboi d'un chien, le hennissement d'un cheval (il y en a encore en province) ; admettons même un moteur d'automobile, sur la route départementale (un seul). Et peut-être même un moteur d'avion, très haut dans les airs (un seul aussi, un courrier ; il va ailleurs). Et il y a les beaux bruits : la cloche d'un hospice, le

vent dans les arbres et le brasillement des étoiles. Il
vient de très loin ce brasillement des étoiles et il va très
loin, peut-être même beaucoup plus loin que ce que
vous imaginez, plus loin que les polytechniques.
Prenez garde !

La partie de campagne

On ne s'amuse pas facilement de nos jours. Il faut le
diable à quatre, et même le diable à cinq puisque les
gouvernements s'en mêlent. Les passions y suffisaient ;
aujourd'hui on organise ; les passions vont se nicher
ailleurs. Il ne s'agit plus de plaisirs, il ne s'agit plus
que de loisirs. On en a créé la fonction et naturellement les fonctionnaires idoines. On gratte du papier,
on fait des états, des états-néant, des colonnes de
chiffres qui s'additionnent, ou se balancent ; on tape à
la machine, à des quantités de machines à calculer, à
mesurer, à peser, à combiner, à mélanger, à séparer, à
comparer, à centraliser, à diffuser, en vue de « norma-
liser » (le beau mot !) les loisirs. Il y a même un
ministère pour abriter tous ces bureaux et donc un
ministre pour y régner.

Que faire d'un ministre en 1905 ? Rien. Ni moi
(j'avais dix ans) ni les jeunes filles guère plus vieilles
que moi qui travaillaient dans l'atelier de ma mère, ni
cette sorte de Quasimodo nommé Pancrace qui servait
d'apprenti à mon père, n'avions envie de mêler un
ministre à nos jeux. La plupart du temps nous jouions
à barres. Il n'y avait pas besoin de matériel : ni ballon,
ni stade, ni équipement, ni ministre : de la jambe et du

poumon suffisaient. Pour le reste, il y avait les fêtes
carillonnées et surtout les non carillonnées.

Par exemple Saint-Clair : le carillon restait bien
tranquille et pourtant, pour nous, c'était très important. Pour la foire de décembre, une semaine avant
Noël, le père Grégoire venait se faire « prendre
mesure » pour des souliers : une paire de bottines à
boutons pour les dimanches et une paire de « grolles
de fatigue » livrables pour la Saint-Clair, le 2 janvier,
recta. Recta pour la raison suivante : le père Grégoire
et la mère Grégoire, et les petits Grégoire, deux filles et
deux grands garçons, menaient — c'était le terme —
une grosse ferme des terres sauvages. C'était loin. On
disait : « C'est en galère ! » Néanmoins la ferme s'appelait « La Clémente ». Et en effet, il y a peu de temps,
l'an dernier, par hasard j'ai été obligé de passer dans
des routes impossibles et j'ai revu « La Clémente ».
J'ai compris alors pourquoi cette ferme était baptisée
d'un vocable si vertueux : elle est adossée contre une
épaisse peupleraie qui l'abrite du noroît et elle regarde
une étendue dorée de saules. Ce n'est certainement pas
un lieu « compétitif » comme on dit aujourd'hui, mais
il a des grâces indubitables ; on doit pardonner volontiers les offenses dans cet endroit-là. Mais retournons à
nos moutons.

Le père Grégoire et toute sa maison (comme on dit
sa maison militaire — ou militante) vivaient donc
pendant toute une année loin de la France et de
l'étranger, dans un paysage clément mais essentielle-
ment rustique. Pour se retremper un peu dans le train
du monde, il avait pris l'habitude, à chaque jour de
l'an, de se « payer » un peu d'air d'auberge. Il venait
le 31 décembre au soir avec toute sa famille : femme,
filles et garçons, même le cheval Bijou et la charrette,

s'installer à *La Croix de Malte*. Le 1ᵉʳ janvier, cocagne,
ils se gobergeaient tous et ils s'empiffraient de bœuf en
daube, de gras-double, de brouillades de truffes. Et le
2 janvier, Saint-Clair, ils rentraient tous : femme,
filles, garçons, cheval et charrette, à « La Clémente ».
Mais, précisément, il emportait avec lui ses deux
paires de chaussures neuves : les bottines à boutons et
les grolles de fatigue. Et, avec les chaussures, il nous
emportait aussi : mon père, ma mère, moi, les
ouvrières, les apprentis ; et en avant la musique !

Je dis bien qu'il nous emportait. Il ne fallait pas dire
non. Mon père avait essayé ; c'était irrésistible. Le père
Grégoire, et Mme Grégoire, et les filles, et les fils,
« Non, non, il faut venir à " La Clémente " ; venez
tous, sinon je ne prends pas mes paires de souliers. Je
les prends, je les paye, mais à une condition : vous
venez tous passer Saint-Clair à " La Clémente " ». Et
ils ajoutaient : « Tout est prêt, Romuald a tout pré-
paré. » C'était le valet. Avant de partir pour *La Croix
de Malte*, on avait laissé Romuald pour gouverner les
bêtes : volailles, troupeaux, chiens, et pour tout préparer.

Alors, nous partions, sans ministre, sans ministère,
sans états-néant, sans machines à calculer, et même
nous partions à six heures du matin, en pleine nuit.
Heureusement, pour Saint-Clair il faisait toujours
beau ; parfois la bise, et froide, quelquefois glaciale
même, mais les étoiles étaient toutes aiguisées de neuf
et nous savions que vers les neuf ou dix heures nous
aurions le soleil grand ouvert.

Donc, nuit noire ce matin de Saint-Clair, la charrette du père Grégoire était attelée dans la cour de *La
Croix de Malte* ; sous la lanterne, le cheval fumait de
tous ses naseaux ; les Grégoire battaient la semelle et se

tapaient dans les moufles en nous attendant. Nous arrivions, mon père, ma mère, et moi très emmitouflé, à moitié étouffé par les châles, suivis par le Quasimodo Pancrace. Pancrace était une sorte de colosse tordu, un énorme avorton, boiteux des deux jambes, qui chaloupait profondément comme un torpilleur par gros temps. Insensible au froid, il se baladait tout dépoitraillé par des froids de canard. Une après l'autre, les ouvrières de ma mère arrivaient : Antonia, les deux Louise, Thérèse, Marie-Louise, empaquetées dans des cache-nez et même des couvertures. Tout le monde était prêt, nous partions.

A pied, bien entendu. En tête passaient le père Grégoire et mon père, le cheval, la charrette. Au cul de la charrette pendaient une dizaine de bouts de corde attachés aux ridelles. Quand nous étions fatigués, nous nous agrippions à ces cordes et, de son pas tranquille, le cheval nous entraînait.

Sortis de la ville, nous défilions en pleine nuit dans des vallons étroits où le vent coupant nous écorchait les joues. Nous serrions les fesses et nous trottions, nous nous houspillions les uns les autres, nous nous réchauffions de bourrades et nous chantions. Toutes les chansons y passaient, depuis *Par qui le sapin fut planté* jusqu'aux *Blés d'or* et autres *Temps des cerises.* L'atelier de ma mère chantait : *Frou-frou dans ses jupons la femme* ou *De ma bourse un peu pauvrette* ou *Les douleurs sont des folles* ou *Une étoile d'amour* ou *Trottez gaiement mules agiles.* Quasimodo bramait *J'ai deux grands bœufs dans mon étable.* On avait l'impression qu'il portait vraiment ses deux grands bœufs sous ses bras. Mon père lui-même, là-bas devant, entonnait *Le pou et l'araignée* sur l'air de la complainte de Fualdès. Quant au père Grégoire, qui était du Queyras, il envoyait à

pleine voix une vieille chanson vaudoise dans laquelle
— je me souviens encore — il était question de l'eau de
Siloë : *Et l'eau de Siloë me blanchit comme neige.*

Nous sortions peu à peu des vallons tortueux et, peu
à peu, les chants se taisaient ; nous allions aborder le
véritable pays sauvage. Nous montions ; déjà le vent se
faisait plus brutal, plus aigu, si violent par à-coups que
le cheval s'arrêtait et se curait la gorge. « Hi ! » criait le
père Grégoire. Nous nous abritions derrière la charrette. Ma mère venait farfouiller autour de mon cou
pour s'assurer que j'avais bien le triple ou le quadruple
cache-nez. Et nous entrions petit à petit dans ce qu'au
Moyen Age on appelait les « Terres Gastes ».
C'étaient (nous savions ce que c'était mais nous ne
voyions rien, presque rien, le jour n'étant pas levé) des
collines bourrues, couvertes de ces chênes blancs qui
gardent leurs feuilles sèches jusqu'au printemps et qui
bruissent comme de l'huile en train de frire dans la
poêle, au moindre vent. Nous savions que de droite et
de gauche, c'était le désert ; la première ferme « civilisée », c'était « La Clémente » et nous savions aussi que
les plus proches voisins de « La Clémente » étaient au
moins à dix ou douze kilomètres. Il ne s'agissait pas de
rigoler, il s'agissait de gagner son plaisir. Nous balader
dans les jardins d'Allah en gandoura de soie aurait été
sans intérêt. Nous guettions la première lueur de
l'aube. Du côté des Alpes, certains élancements verdâ-
tres obnubilaient par moments les essaims d'étoiles ;
puis, le brasillement écartait de nouveau ses braises
dans toute la coupole de la nuit. Enfin, le jour se leva.
Il n'était pas gros, il n'apportait pas de chaleur, au
contraire ; le point du jour est toujours poignant, mais
il asséchait les boqueteaux, les massifs de grands
chênes, les forêts et l'horizon ondulé des collines.

172 La partie de campagne

Le plein soleil nous toucha pendant que nous naviguions en haute terre. Déjà les creux étaient tièdes quand nous nous cachions du vent dans les vallons. Depuis longtemps, chaque fois que nous émergions sur la crête des collines, nous voyions maintenant le haut bosquet de peupliers qui marquait l'emplacement de « La Clémente ». Nous approchions lentement en louvoyant de crête en crête, de gué en gué, enfin pour embouquer l'étroit chemin creux qui allait nous mener tout droit à notre bon port.

Romuald nous attendait au portail. Tout était prêt comme il avait promis. Un feu magnifique flambait dans la grande cheminée. Les broches, six ou sept, étaient alignées, remontées, prêtes à tourner et on sentait (que faisait sourdre d'ailleurs la chaleur des flammes) une sorte de pourriture noble.

C'était chaque fois pareil mais c'était chaque fois magnifique. Notre repas de midi était une immense galimafrée de « petites bêtes » : petits oiseaux, moineaux, pinsons, rouges-gorges, rossignols, courlis, pluviers, alouettes, grives, merles, râles d'eau, bergeronnettes, roitelets, hoche-queues, culs-blancs, bouvreuils, cailles, mésanges charbonnières, chardonnerets, coucous, loriots, verdioles, mélangés avec quelques grosses pièces : bécasses, bécassines, poules d'eau, et même cet oiseau excellent en toutes sortes que je n'ai jamais plus trouvé qu'ici : des coquecigrues. La coquecigrue (c'était peut-être un simple geai) était le triomphe de Romuald. Quand il disait avec sa grosse voix d'homme du Gard — il était d'Anduze : « La coquecigrue, laissez-la-moi, je vais la plumer. » C'était très délicat, il ne faut pas l'écorcher. « Il faut lui enlever les plumes une après l'autre. » On lui laissait la coquecigrue et nous plumions sans arrêt. Il fallait plumer une grosse corbeille à linge pleine de petits oiseaux et faisandés à point.

Dès qu'ils étaient nus, nous entourions chaque oiseau avec une barde de lard et nous les enfilions dans les broches. De tout ce temps, sous notre nez, circulait cette odeur de faisandé, l'odeur même d'Austerlitz ; nous avions un appétit d'ogre. Mais avant de manger, nous « combinions » notre appétit. Assis en cercle autour du feu, devant le mouvement magnétique des tournebroches, nous nous endormions les yeux ouverts, les narines ouvertes et nous humions un rêve doré.

A la tombée de la nuit, nous faisions des beignets, des « merveilles » et même des crêpes. Après, jusqu'à très tard, nous jouions aux tableaux vivants : Geneviève de Brabant, les Croisades, la Mort de Danton, le Coucher de la mariée, le Tsar à Toulon, Émile Zola en cour d'Assises, les Malheurs de la belle-mère, les Bat' d'Af', la Dame Blanche, Notre-Dame de Paris avec naturellement notre Quasimodo familial, la Saint-Barthélemy avec toute la troupe, le tout arrosé par le petit vin blanc de « La Clémente », un cru rustique mais très curieux qui faisait éclater de rire tout le monde.

Et vers minuit, nous allions tous dormir dans la chaleur des étables.

Aujourd'hui je lis dans un journal qu'on est en train de créer des Écoles : école de ski, école de ballon, école de marche à pied, école de boules, de billard, de croquet, avec des moniteurs, des classes élémentaires et supérieures. On appelle le ski, ou le ballon rond ou ovale, ou la nage, ou le saut à la perche : une discipline.

C'est le mot.

Les joies de l'île

Je ne vais pas me donner le ridicule de décrire Majorque. Je dis qu'il ne faut pas se contenter d'y aller pour s'y baigner. L'hydrothérapie c'est bien beau, mais avoir son alpha et son oméga dans la serviette-éponge et l'ambre solaire, c'est un peu court d'idée. On a aujourd'hui tendance à se contenter de choses un peu courtes sous prétexte que la vie l'est également. Raison de plus pour profiter des moindres secondes.

Dès qu'on quitte les plages, on a tout de suite l'occasion de vivre plusieurs vies. Un marcheur moyen se débarrasse de la ville de Palma en une petite heure. Le rêve est de n'avoir que son bâton et un peu d'argent. Au début, on rentre au bercail chaque soir; on ne tarde pas à prendre un vol plus assuré. Il y a dans tous les villages un quignon de pain à acheter, de la saucisse, des olives confites, des figues sèches ou fraîches, des amandes, du fromage : de quoi faire autant de balthazars sur l'herbe qu'on voudra, et, si on n'en est pas à quelques kilomètres près (et, à ce moment-là, on n'en est plus à quelques kilomètres près) on rencontre, de loin en loin, des auberges pour la nuit.

Moi, en place de bâton, je prendrais ce qu'au siècle

dernier on appelait un « en-cas ». C'est une ombrelle d'homme. J'ai encore celle dont mon père se servait ; il adorait s'en servir ; il a dû rester en moi quelque chose du goût qu'il avait pour cet objet. Il faut dire qu'il est très pratique. Il protège mieux du soleil qu'un chapeau ; il peut abriter de la pluie ; il donne à celui qui l'emploie de la désinvolture, de la sagesse, de l'ombre — je veux dire du mystère — et enfin un véritable chic anglais. Que les esprits modernes ne s'effrayent pas : les personnages de Jules Verne ont des en-cas ; ils n'en vont pas moins dans la lune. C'est une ombrelle d'homme en coton vert à l'intérieur et beige sur le dessus, assez solide pour servir de canne, très efficace pour tenir un chien à distance : elle est le comble du confortable pour un piéton.

Car, pour goûter vraiment à la liberté, il faut abandonner l'automobile. L'île est petite ; l'auto a vite fait d'aller cogner contre ses bords, comme une guêpe dans un bocal. D'ailleurs, une fois cet engin abandonné et de nouvelles habitudes prises, on s'aperçoit qu'il vous tenait prisonnier. De toute façon, hors de lui, on respire enfin, et de l'air véritable : ce n'est pas une mince expérience. Si on a besoin d'un moyen de transport — je dis bien : besoin, comme moi par exemple quelquefois quand mes articulations se rouillent — alors il y a l'âne, l'âne à califourchon. Mais cela suppose déjà un établissement ; parlons simplement du touriste. Il peut évidemment louer un âne, mais le plus simple est d'aller à pied.

J'en suis toujours à cette liberté qu'on n'a jamais et après laquelle on court. On s'aperçoit qu'elle ne se gagne pas à la course. A pied donc, un pas devant l'autre, et surtout sans les harnachements des globe-trotters brevetés, ni havresacs ni musettes ni bidons.

Un petit pantalon, une petite veste verte de coutil, un chapeau de paille, un bâton — ou un en-cas — c'est tout. Quelques pesetas dans la poche ; il n'en faut pas des mille et des cents. Surtout pas d'appareils photographiques, caméras et ainsi de suite : les beaux paysages ne se captent pas dans des boîtes, ils s'installent dans les sentiments. On trimballe des appareils coûteux et lourds, grâce à quoi on ne regarde plus : on fait « clic » et après avoir fait clic c'est fini. On regardera peut-être un soir avec des amis les photos en couleurs, en se rendant bien compte qu'elles ne représentent pas l'essentiel. Alors, à quoi bon ? C'est cher, c'est lourd et c'est inutile. Sans photo, si vous voulez faire voir à vos amis, vous serez obligé de parler ; vous verrez : c'est un excellent exercice, et qui vous donnera bien de l'agrément.

Les grandes routes de l'île ne sont pas désagréables à parcourir ; il y a peu de circulation automobile, sauf sur celles qui longent la mer ou aboutissent à des plages, mais c'est vers l'intérieur qu'il faut aller ; c'est la plaine centrale qu'il faut parcourir ; c'est avec les collines qu'il est bon de s'amuser. En dehors des grandes routes, il n'y a que des chemins et des pistes, où il est possible de flâner en toute quiétude. Si on a un chien, on peut le laisser libre de gambader à sa guise : il ne risque pas de se faire écraser. On rencontrera peut-être une charrette qui va au pas de son mulet endormi, et c'est tout. Le silence et l'air pur (on s'aperçoit que le poumon est un « appareil de connaissance ») composent déjà à eux seuls les matériaux d'un monde magique. Peu à peu on arrive à différencier le chant des oiseaux, le cri des insectes, le bruit velouté du vent dans les différents feuillages. Les odeurs — ne seraient-ce que l'amertume des fleurs d'amandiers et

celle des figuiers en sève — vous transportent plus
rapidement que la plus moderne des caravelles. Vous
voulez faire un voyage ? C'est maintenant que vous
le faites vraiment, sur vos deux pieds, avec vos cinq
sens.

On peut aller ainsi pendant des jours totalement
dépaysé à travers l'espace et le temps. On arrivera à de
vieux domaines. L'ancienneté de ces établissements
leur a donné une exquise politesse : les murs ont des
brèches, et d'ailleurs la porte est depuis longtemps si
largement ouverte qu'elle ne peut plus se refermer.
Qui que vous soyez, vous êtes toujours là le bienvenu.
Il n'y a qu'à entrer. Vous serez accueilli par un
magnolia, un laurier-rose, un grenadier, un poivrier,
un mimosa, les très vieux débris d'un labyrinthe de
buis, un caroubier. Parfois, un banc de marbre vous
invite. Vous pouvez accepter sans crainte. Personne ne
vous demandera ce que vous faites là ; on le voit bien :
vous vous reposez à l'ombre, pendant que la vieille
maison continue une sieste de trois cents ans.

Ainsi, on apprend que le voyage n'est pas un moyen
mais un but. A jouer avec une île, tant vaut respecter
les règles du jeu. On me dit que Palma est à une heure
et demie d'avion de Paris ; Zurich aussi j'imagine, et
pourquoi voulez-vous que j'aille à Zurich ? C'est
mortellement long, une heure et demie en l'air, quand
on n'est pas oiseau. Si je vais vers le plaisir, pourquoi
voulez-vous que j'attende une heure et demie ? Le
plaisir ne commence pas à partir d'un nom, mais à
partir du moment où la curiosité se satisfait. Dès que je
mets le pied sur le bateau, j'ai commencé ma promenade. C'est la fin du jour. On côtoie les îles de
Marseille, pendant que les ombres s'allongent et, au
large, on entre dans le tunnel de la nuit. Balancements,

craquements, étoiles et cornes du vent préparent le
petit matin où l'aube installe les falaises de Formentor
à Covas blancas, dans le rond du hublot. Bientôt ce
sera Dragonera, puis la cathédrale africaine montera
devant ma proue.

Peinture et dessin

Je vois beaucoup de vanité dans la décision d'exprimer par la peinture « quelque chose d'informel » ; surtout si, par surcroît, on le proclame. Vanité et un peu de frousse car, pourquoi ne pas proclamer carrément qu'on exprime quelque chose d'informe ? Le mot nous paraît péjoratif et contre-indiqué pour le commerce ? C'est cependant le mot juste. Informel n'est pas dans le Littré. Mais, tenons-nous-en à la vanité (qui se montre déjà dans l'emploi du néologisme). Rien n'est « informel ». Tout a une forme. L'alphabet a une forme et la couleur qui sort d'un tube est obligée de prendre une forme. Alors on me dit « non figuratif ». C'est jouer sur les mots : l'alphabet a une figure et la couleur qui sort d'un tube a forcément aussi une figure ; la preuve est que les peintres « informels » ou « non figuratifs » sont forcés de donner une forme, une figure à leurs couleurs : c'est une tache, c'est une ligne, c'est une figure géométrique, c'est tout ce qu'on veut, sans qu'on puisse sortir de la nécessité absolue de donner une forme quelconque à l'expression, ou à l'écriture.

Je connais par expérience la loi des accords et celle

des désaccords. Je sais — toujours par l'expérience de mon propre métier — qu'il est profitable d'obéir à l'une et à l'autre en les faisant se succéder ou se marier. Je sais qu'elles peuvent jouer, l'une et l'autre, sans le secours de l'anecdote. Mais l'anecdote ne me gêne pas. Elle ne me gênerait que si j'étais incapable de la choisir ou de l'inventer. Qu'un rouge soit plus beau à côté d'un vert (pour parler le plus bêtement possible) je le sais ; mais, que ce rouge soit en forme de pomme et ce vert en forme de feuille, ou en toutes choses qui soient naturellement rouges et vertes (ou le contraire) ne porte pas en soi condamnation de mon art.

La vérité, bien sûr, est qu'il est plus facile et en même temps plus arrogant — deux avantages pour les vaniteux et un peu froussards — de donner à mon rouge et à mon vert une forme qui n'ait pas d'équivalence dans l'anecdote, une « forme personnelle » (et encore !) : un trait, un rond, un triangle, un carré, une flaque, une goutte, n'importe quoi. Le n'importe quoi ébahissant facilement le n'importe qui. C'est le départ d'exégèses sans fin, le ralliement des « grands gosiers », à qui il faut toujours quelque chose à dire, et d'une bonne moitié, disons même les trois quarts des timides. Voilà une boutique achalandée, je n'en disconviens pas. Mais, il faut parler peinture.

Alors on se tourne vers des gens peu malins et qui ne brilleraient pas dans les cénacles. La plupart du temps ils sont enfouis (ou ils sont allés s'enfouir) dans une province pulpeuse. Ils sont à l'origine des choses. C'est une situation dans laquelle l'intelligence ne peut pas se séparer du cœur.

C'est le cas de certains figuratifs « à tous crins ». Ils ne travaillent pas au microscope intellectuel. Quand ils voient un cheveu, ils ne le coupent pas en quatre ; ils en réunissent des tresses, des nattes et des chignons ; ils n'ont pas peur de la forme. Ils ont vu lentement autour d'eux, au rythme des saisons, rouer les couleurs des *Géorgiques*, avec la même lenteur et le même rythme ; ils s'y sont ajoutés, humbles et courageux, pour les exprimer. Ils arrivent ainsi, tout naturellement, dans des positions qu'au bout de toutes leurs gesticulations voudraient bien occuper les « Informels » et les « Non figuratifs » ; mieux que dans le néo-plasticisme, l'art est ici libéré de tout caractère individuel ou fortuit. C'est la couleur pure liée à l'expression immédiate de l'universel. Et ce n'est pas sans une jubilation malicieuse que je vois ainsi s'accorder à l'art robuste et sain de ces figuratifs « à tous crins » les formules par lesquelles, en 1921, on essayait de justifier l'anémie cérébrale de la peinture métaphysique : Piet Mondrian, Kandinski etc. etc.

*

L'art n'est jamais régional. Cela se voit encore mieux en peinture et, quand je dis régional, je sais que, de nos jours, les régions sont très vastes, parfois à la mesure de plusieurs anciennes patries. Il n'y a ni méridiens ni parallèles pour les couleurs. Tout est affaire de lumière pour ce qui est à exprimer et de choix pour celui qui l'exprime. Que ce choix s'exerce devant les spectacles de la Chine ou devant ceux de ses antipodes il sera toujours fonction de l'âme. L'expression sera ce que l'âme aura choisi ; et elle aura choisi ce à quoi elle veut s'ajouter, c'est-à-dire sublimer. On voit par ce qui précède que j'accepte volontiers de passer pour un petit esprit, puisque je m'obstine à négliger les « mots d'ordre », à refuser la théorie ou la

politique, quand elle prétend s'interposer entre la
plume et le papier, entre le pinceau et la toile. Je ne
comprends l'artiste que libre (il court déjà bien assez
de risques dans cette situation). Il n'est ni pour ni
contre quoi que ce soit, il fait simplement apparaître la
vérité, c'est-à-dire le non-sens de l'histoire. Ainsi
Goya. Les peintres de batailles, c'est autre chose, mais
ils nous feraient ici sortir du sujet. Comme dans tous
les choix, quand ils sont libres, c'est l'homme qui se
dévoile. Il n'est plus question de paraître. On est. Le
peintre, que les actes de la vie ordinaire couvraient de
masques, ne se connaît lui-même que devant sa toile
(l'écrivain devant son écriture). Il faut choisir dans un
ensemble quelques éléments qui auront seuls charge
d'âme. On comprend bien que chaque artiste se définit
complètement en le faisant.

Cette parfaite vérité est presque toujours appelée
mensonge ; mais c'est que, malgré l'époque moderne et
la matérialisation de tant d'imagination scientifique,
on n'a pas encore l'intelligence de l'imagination pure
et simple ; qui est cependant celle des plus hautes
mathématiques et par conséquent des vérités essentielles.

*

J'ai toujours aimé les carnets de dessins et surtout de
croquis pris sur le vif, quand l'artiste passe d'une page
à l'autre emporté par les mouvements qui l'entourent.
L'économie des moyens m'enchante. On apprend qu'il
n'est pas nécessaire de cerner un objet pour en
exprimer le volume. On va plus loin tout de suite : on
constate qu'il ne faut jamais les cerner. Sollicité de
tous les côtés à la fois par des lignes en mouvement qui

se superposent, l'artiste en choisit rapidement une. Désormais, d'un côté, de cette ligne, il y aura la matière et, de l'autre côté la lumière. Choix, on le voit, plus important que celui imposé par la peinture, même sur le motif. J'ai toujours senti, d'ailleurs, qu'un trait de crayon ou de plume, quand il est juste, peignait. Il y a des dessins colorés. Finalement, la couleur proprement dite est une convention : la réalité, c'est ce trait rapidement tracé parce qu'il fallait que l'esprit se décide en un centième de seconde et, une fois tracé, il est aussi définitif que la parole de Dieu-le-Père aux jours de la création.

Le vert, le rouge, l'ocre, le bleu qu'on pourrait ajouter ne m'apprendraient rien de plus et seraient de toute façon moins riches que la couleur qui, immédiatement, me vient à l'esprit et se met à sa place.

*

Rien de plus intelligent qu'un dessin; c'est l'empreinte même de l'intelligence. Le mot existe, tel qu'on va l'employer, dans la mémoire ou dans le dictionnaire. Il n'y a pas de catalogue pour le trait, il faut l'inventer sur l'instant; il se met à exister au moment même où on l'emploie. C'est pourquoi le dessin devient une passion. Dans cette nécessité de s'employer totalement et chaque fois à l'aventure, il y a une jouissance dont on ne peut plus se passer. Les Japonais sont allés, se sont efforcés d'aller le plus loin possible dans cette intoxication. Ils se sont délectés les premiers à dessiner un paysage comme s'il était un être vivant en mouvement.

Cette mobilisation extrême de l'intelligence et du physique de l'artiste ne s'obtient qu'en fonction de la suprême élégance des moyens mis en œuvre. Dans notre siècle de technique nous ne manquons pas de procédés (qu'on appelle à tort objectifs) pour reproduire et, à proprement parler, « saisir au vol » le mouvement. Ne serait-ce par exemple que le cinématographe, que j'ai choisi d'ailleurs pour le poids particulier de son appareil technique. On voit tout de suite en comparant les procédés qu'il s'agit d'un côté d'industrie et de l'autre côté de sport. J'entends sport dans le sens où l'entendent les chasseurs qui ne tirent jamais une femelle de coq de bruyère même si elle part « en belle » et si c'est la seule pièce levée de la journée. Une sorte de combat avec l'ange, duquel l'homme sort vainqueur. Comme chaque fois qu'il s'agit de technique, le cinématographe est un travail d'équipe. Une quarantaine — et souvent plus — d'esprits divers sont attachés à résoudre les problèmes. Pour le dessin, un homme est seul devant les mêmes problèmes et il a quelques secondes pour trouver la solution. Au surplus, ses outils sont très simples, on pourrait même dire rudimentaires, à peu de chose près les mêmes que ceux employés il y a vingt mille ans dans les grottes de Lascaux : un crayon, ou une plume et de l'encre, et du papier. Rien dans les mains, rien dans les poches ; le sang doit suppléer à tout. De là les délires de la passion.

De la passion et de la discipline. Le regard va où il veut, le dessin ne doit aller qu'à un endroit précis. Au risque de périr, il faut s'inventer des difficultés quand on n'en a plus. Le croquis est le subjectif à l'état pur. Ce n'est pas la réalité, à quoi le photographe suffirait, ou le cinématographe si on avait l'envie de mouvement : c'est la réalité plus l'artiste. Je sais bien que l'art dans son entier est subjectif, mais ici il l'est plus qu'ailleurs, car l'expression a eu besoin de l'artiste tout entier avec son intelligence et avec son habileté physique. Il passe corps et âme dans son croquis. Comment arriver à cette précision imprécise sans une continuelle gymnastique ?

Ma mère

Les philosophes nous chapitrent en tous sens sur le progrès. D'après eux, si on les écoute, « les lendemains chanteront » à condition de tout changer de fond en comble. Or, l'homme ne change pas : il a sa charge de viscères, son réseau de sang, ses cavités. Il ne flamboie qu'avec sa matière chimique ; il ne se meut qu'avec ses lois physiques, et son esprit n'est qu'un esprit de sel.

Si on l'imagine animé de dialectique, il tourne en rond : sa discussion l'emporte, sa biologie le tient au piquet ; son élan le projette, son centre le ramène ; son mouvement ascensionnel se transforme ainsi en un mouvement circulaire.

Le sang n'est pas de l'encre. Je connais un bon petit jeune homme qui s'est entiché d'un « mouvement » comme on dit. Un « mouvement » pour le progrès, un mouvement politique, philosophique, etc. etc. un truc qui bouge, quoi ! En premier lieu, naturellement, on l'a démarré, on l'a détaché de ce qui l'amarrait en général, car c'est plus facile d'emporter ce qui est détaché ou qui s'emporte, et en particulier de sa famille, et surtout de son père et de sa mère. De son père, passe encore : le pater familias est une sorte de patron, et encore pis quand c'est un saint patron ; il est l'ennemi naturel (quand on n'est pas une bonne nature). Mais de sa mère! Démarré de sa mère? A quoi s'amarrera-t-il après? Il ne peut pas rester constamment flottant ou dans les nuages. Il faudra bien qu'il s'attache finalement à quelque chose ou à quelqu'un. S'il se rattache à quelque chose, esprit ou matière, il y perdra fatalement : le sang n'est pas de l'encre. S'il se rattache à quelqu'un, à quoi bon changer de sang?

Ce sont les « fils des nuages », trimballés par les vents, projetés d'éclairs en éclairs, abasourdis de tonnerres en tonnerres! A quoi bon parler de leur mère! Le mot « mère », le mot « maternel » n'existent pas dans la phraséologie philosophique (ni politique) ; les mots « mère » ou « maternel », quand on est obligé de s'en servir, on les accompagne toujours d'ironie ou de mépris. « Nous ne sommes pas des enfants », disent-ils.

Pour ma mère, je ne suis qu'un enfant. Les « modernes » (qu'ils disent) se moqueront de moi. Ils diront que je suis un naïf, que je date. Mais, oui, j'aime ma mère. Elle m'a accompagné un bon bout de temps puis elle est morte depuis vingt ans. Je l'ai aimée, je l'ai respectée, je ne lui ai pas toujours obéi, hélas! mais je n'étais pas très loin ; si je m'écartais un peu, je ne la perdais pas de vue.

La pauvreté est bien heureuse. Quand j'ai été en âge d'homme, il n'était pas question que je quitte ma mère. Je devais travailler pour elle ; elle n'avait plus de devoirs : elle n'avait que des droits ; moi, je n'avais plus de droits : il me restait des devoirs. Devoirs bien faciles avec la tendresse et l'amour. Riche, j'aurais pu faire ma vie séparée de la sienne, lui donner un capital ou des revenus, mais je n'avais ni capital ni revenus.

Ma mère resta donc dans ma maison, à ma table. Je n'étais pas Crésus, je travaillais dans une banque et pas du tout en fantaisiste. J'y suis resté dix-sept ans. J'ai gravi tous mes échelons : j'ai commencé chasseur dans une petite agence et j'ai terminé directeur. C'est pour dire qu'il ne s'agissait pas de charger les philosophes de mon avenir : j'y travaillais moi-même. Le capital de tendresse et d'amour qu'on me rendait en retour allégeait ma vie.

Entrons dans quelques détails.

En 1909-1910, j'avais quatorze à quinze ans. Jusque-là, ma mère avait été pour moi comme un arbre ou, plus exactement, l'air qu'on respire ; maintenant, je commençais à avoir besoin de pièces probantes. C'était le moment, comme pour tout le monde. Je sentais confusément que j'étais sevré, qu'il me fallait passer à une nourriture plus solide. Heureusement je n'étais pas, je ne suis pas, intelligent. Je ne cherchais pas la syntaxe des sciences mais celle de la sensation ; j'appris à aimer. Il ne s'agissait pas d'un enseignement *ex cathedra* mais d'un continuum biologique inconscient.

Chaque dimanche après-midi, nous faisions une promenade sacro-sainte. Mon père endossait son veston noir et quelquefois son pardessus ; ma mère était dans tous ses atours. J'aimais beaucoup son parfum de vanille, mais pour cette promenade (qu'elle détestait) ma mère s'ajoutait une « odeur fine », disait-elle ; la violette ou le réséda. Mon père avait sa belle chemise amidonnée, sa cravate à « l'ennemi public » ; ma mère portait son corsage de faille, son sautoir, sa petite montre en or accrochée ostensiblement à la place de son cœur. Elle s'était coiffée à la Marie Vetsera, les cheveux tirés, le chignon bas sur la nuque. Et nous partions. Oh! moi, évidemment, j'étais beau comme un astre.

Nous allions à pas lents, comme tous les endimanchés de notre petite ville, sur un itinéraire toujours le même. Il ne s'agissait pas de nous ébaudir mais de déambuler rituellement. Nous faisions le tour par l'hôpital, nous montions au cimetière, nous revenions par le canal (un simple canal d'arrosage). Nous suivions, ou nous croisions, le boulanger, la boulangère et le petit mitron, c'est-à-dire tous les commerçants de la ville, tous les artisans cordonniers, comme mon père; tailleurs, bourreliers, etc.; les notabilités: notaires, huissiers, commissaire de police, femmes empanachées et quelquefois même les bourgeois-rentiers à l'œil oblique.

J'étais très fier de marcher à côté de ma mère. Elle était très jolie; je m'arrangeais pour lui toucher la main, comme par inadvertance. Aussitôt elle quittait le bras de mon père et elle prenait le mien; elle s'appuyait sur moi: ses souliers lui faisaient toujours un peu mal; elle avait les pieds tendres; mon père lui faisait des souliers extraordinaires (les plus beaux du monde) mais, disait-elle, « je ne suis pas faite pour les choses vernies ».

Je n'étais certes pas jaloux de mon père; les complexes sont des connaissances acquises; je n'avais aucune envie de les acquérir. Je l'admirais, c'était une sorte de Dieu aux yeux dorés, à la barbe de Père Noël débonnaire, intouchable. Il me prêtait ma mère. Si elle abandonnait son bras pour prendre le mien, c'est que c'était dans l'ordre, une loi physique comme la gravitation par exemple: la pomme de Newton est une sorte de paternalisme en réalité.

Nous rentrions de la promenade vers quatre heures.

Mon père lisait Malherbe ou, quelquefois, Lamartine ;
je lisais aussi : Walter Scott, Fenimore Cooper ; ma
mère préparait notre repas du soir et j'écoutais surtout
les frémissements de ses activités. Elle hachait du
persil, peut-être, ou le restant du bouilli de midi ; elle
allait farcir des courgettes, ou des aubergines, que je
préférais ; je jetais un coup d'œil subreptice et je la
voyais fureter dans la corbeille aux légumes. Elle
ouvrait le placard, j'entendais le grelottement des
flacons d'huile et du vinaigre qui tremblaient dans
l'armature en bois dans le porte-huilier. Elle attisait le
feu dans son fourneau ; de temps en temps elle venait
régler la haute lampe à pétrole. Alors, je voyais son joli
visage et j'avais un besoin irrésistible de poser mes
lèvres sur sa joue de vanille.

Vers les six heures elle appelait mon père (par son
prénom : Jean, comme le mien) ; elle tirait son porte-
monnaie enfoui dans sa poche de robe et elle donnait
six sous à mon père qui les prenait avec gratitude ; il
fermait son livre et il allait au café de Madame
Pécoult, faire son bézigue.

Nous restions seuls, ma mère et moi. J'étais très
heureux. Je lisais sans lire, j'attendais. Ma mère
reculait « sur le derrière du poêle » la cocotte de notre
fricot. Elle s'enveloppait dans une « pointe » noire en
grosse laine tricotée ; avec une longue épingle elle
piquait son chapeau sur ses cheveux. (J'avais toujours
très peur de cette longue épingle, et le geste qu'elle
faisait, d'un seul coup, pour clouer son chapeau, j'en ai
encore peur aujourd'hui même, rien qu'à me souve-
nir.) Et nous allions au salut. Il était entendu que
« nous allions », elle et moi, au salut. Elle savait que je
n'aimais pas l'église ou, plus exactement, la religion.
Je n'avais fait ma première communion qu'en révolté ;

il était entendu cependant que le dimanche soir il n'était pas question de Jésus, mais d'elle et de moi.

J'ai toujours été féru de romanesque, et jamais plus grand romanesque que quand nous allions, ma mère et moi, au salut. Il faisait froid ; le vent balançait les trois quinquets à l'électricité rouge qui piquetaient notre rue. Nous nous serrions l'un contre l'autre. Nous nous hâtions ; de grandes ombres nous accablaient.

La « petite porte » de l'église grinçait en s'ouvrant ; elle retombait derrière nous d'un bruit mat. Le silence froid était différent : glacial et sonore ; un petit filet de fumée s'élevait d'un ostensoir abandonné, toute sa chaîne lovée sur les marches de l'autel. Des lampes rares dressaient d'admirables décors dans les coins.

Nous tâtonnions du pied pour rencontrer les rangs de chaises ; nous allions jusqu'à une encoignure, entre deux piliers, contre le tronc de saint Antoine de Padoue qui fait retrouver les objets perdus. Nous nous retrouvions.

Il n'y avait autour de nous que quelques petites bigotes anonymes. L'harmonium chantait lentement, en basse continue. Dans l'ombre complice (comme on dit) je confectionnais mon cœur.

Le badaud

Je vais au hasard : de Clignancourt à Gentilly, du Père-Lachaise à Boulogne, de Neuilly à Vincennes, du Pont-de-Sèvres à Pantin. Dans cette ville je n'ai pas de patrie. Je ne suis l'amant ni de l'histoire ni de mes habitudes ; mon sentiment se déclare sur l'immédiat, à la suite de petits faits vrais. Je suis sensible à mille frontières ; les deux côtés de cette rue sont à cent mille lieues l'un de l'autre ! Je suis fait pour le voir et je suis dans la situation qu'il faut pour compter toutes ces lieues dans les quelques pas qui vont du côté pair au côté impair. Je n'ai pas une connaissance générale de Paris mais j'en connais bien certains détails. Je ne me promène pas dans une ville, je me promène dans une grande quantité de villes, de villages, de bourgs, de hameaux et même de champs. Je ne vois pas des Parisiens mais je vois des gens façonnés par leur quartier, parfois leur rue et — depuis les temps modernes — souvent même par l'immeuble qu'ils habitent, comme sont façonnés par leur province les provinciaux dont je suis. Je cherche pour m'en assurer l'indigène le moins caractéristique : par exemple ce commerçant de l'avenue Bolivar. Il vend de la bonneterie. Je l'examine sur toutes les coutures. Il n'a pas un

gros commerce mais une boutique avec la seule
prétention de vendre sa marchandise aux clients d'une
dizaine de rues avoisinantes. Les objets qu'il a mis en
vitrine sont simplement destinés à de bonnes mères de
famille plus soucieuses de confortable que d'élégance.
A peine s'il expose quelques tentations pour jeunes
filles, encore faut-il que ce soient jeunes filles simples,
pas plus délurées qu'à Romorantin ou à... disons
Marseille, pour qu'on ne m'accuse pas de parti pris. Je
regarde faire mon Bolivar. Eh bien, il n'est pas très
occupé ; il sort sur le pas de sa porte pour voir la pluie
et le beau temps. Il y a le même commerçant à
Angoulême et à Nancy, mais celui d'Angoulême a sa
Charente dans les gestes, celui de Nancy a sa Lorraine
(augmenté d'un peu de place Stanislas) et ce Bolivar a
son dix-neuvième arrondissement nu et cru. Il n'a pas
Paris dans ses gestes ; d'ailleurs j'ai vu et je verrai
encore que personne ne peut avoir Paris dans ses
gestes, sa voix ou son comportement. Paris, c'est la
Chine. Mon Bolivar est très soigneusement Bolivar.
S'il met son pouce dans les entournures de son gilet (il
a entre cinquante et soixante ans), s'il interpelle
gentiment (en père de famille légèrement Landru) la
petite boniche du bistrot qui court chercher des
cigarettes, c'est d'une façon très Buttes-Chaumont
mâtinée de rue de l'Atlas, d'impasse Jandelle, de cité
Saint-Chaumont et même d'avenue Jean-Jaurès.
L'avenue Jean-Jaurès étant son Extrême-Orient. Il ne
sort guère de son quartier ; il aurait un regard plus vif
s'il avait l'habitude de le faire ou, plus exactement, sa
tête pivoterait plus vite sur son cou ; il se serait adapté
à la curiosité. Manifestement il ne l'est pas. Ce qui
vient d'ailleurs, c'est-à-dire du Pré-Saint-Gervais ou
de l'au-delà du bassin de la Villette, il le regarde

comme regardent ceux qui ne veulent à aucun prix
avouer qu'ils sont intéressés. Dans son comportement
devant ces produits étrangers — au dix-neuvième
arrondissement — il y a à peu près le discours suivant
(c'est nettement ce qu'il veut faire comprendre) : « Le
bar à côté est mon ami — ou mon ennemi, mais c'est
kif-kif ; ce qui compte c'est que, pour le bar, je suis
quelqu'un. Je tutoie la dame qui vend les dixièmes de
la Loterie nationale ; que dis-je, je tutoie ? Pour moi
elle est : celle qui a un fils chef de chantier dans
l'entreprise Keller et une fille chez Carlier où elle fait
les courses. Le boucher a été opéré du rein droit. Ça va
bien, merci. Enfin, le boucher dit que ça va bien mais il
n'a jamais repris ses bonnes couleurs. Il aurait quelque
chose au rein gauche que ça ne m'étonnerait pas. Ma
mère est enterrée au cimetière de la Villette. Il y a six
jours que je n'ai pas vu le petit retraité qui va chercher
L'Aurore tous les matins à onze heures. Vous, du Pré-
Saint-Gervais ou de Melbourne, ce qui revient au
même, vous ne saviez même pas que tous les matins à
onze heures un petit retraité vient chercher son journal
au kiosque. Eh bien, moi je le sais et mon regard, que
vous croisez en passant devant ma boutique, vous le
dit. Je ne cherche pas à savoir si votre regard me dit
aussi quelque chose : ma vie me suffit. Peut-être le
petit retraité est-il malade (il est même assez vieux
pour faire un mort), alors c'est sûrement le docteur D.
qui le soigne. Tout le monde sait qu'il y a un docteur
D. parce qu'il y a la plaque, mais moi je sais qui est le
docteur D. Je peux même vous dire ce qu'il y a sur le
guéridon de son salon d'attente : des vieux *Match* et des
Médecine de France où il y a le château de Versailles et
des trucs sur Mazarin, et si je ne vous le dis pas, parce
que je n'adresse pas la parole aux étrangers et que

vous ne faites que passer, ce petit mouvement d'épaule
vous le fait comprendre. Il vous fait comprendre que je
suis ici chez moi, que je connais mon quartier comme
ma poche, que le bout du monde peut être où il veut ;
ça ne me regarde pas. Si la petite dame du troisième
fait encore cuire des choux, c'est moi qui sentirai
l'odeur dans l'escalier, pas vous. »

Nous pouvons rester dans la bonneterie, ou changer
de commerce, ou prendre en bloc tous les commerçants de l'avenue Bolivar, de la rue Botzaris, de la rue
de Crimée, de Belleville, d'Angers, de Bellevue, de
Saint-Gervais, de la Villette, de l'impasse Florent,
Jaudelle, du Lauzier et même du quai de la Loire, tous
les gens à boutiques ou à étages ont leurs bars, leur
Loterie nationale, leur kiosque, leur petit retraité, leur
docteur D., leur dame du troisième qui fait encore
cuire du chou. Ils ont tous leur mère enterrée au
cimetière de la Villette, un complexe de Mont-Blanc et
de cèdres du Liban, à cause des Buttes-Chaumont.
Dans les lointains, quand on est en mal d'aventures, il
y a Ménilmontant, Charonne et le Père-Lachaise.
Aller plus loin, pour quoi faire ? Aller jusqu'à ces
antipodes du seizième, dans les Ranelagh, les Mas-
péro, les Franqueville, Octave-Feuillet, Jules-Sandeau, Henri-Martin, Victor-Hugo et autres Georges-
Mandel : qui pourrait y décider le bonnetier Bolivar ?
Monsieur Gengis K., peut-être, mais ce sera une
révolution. Il n'en faut pas moins. Il faudra que le
monde ait le désir de changer de sens. C'est dire la
distance qui sépare ces deux parties de Paris.

Dans ce seizième, plus exactement dans ce quadrila-
tère compris entre l'avenue Henri-Martin, le boulevard Jules-Sandeau, les jardins du Ranelagh et le
chemin de la Muette, il faut venir entre midi et treize

heures. C'est l'heure propice aux observations de
caractères. De toute façon, perdez l'espoir de rencontrer l'indigène ; il faudra vous en faire une idée par
personnes interposées. Vous verrez la femme de chambre (elle est de Perros-Guirec), le valet de pied (il est
de Clermont-Ferrand), le chauffeur (il est de Lyon), le
maître d'hôtel (il est de Rueil-Malmaison) : le Ranelagh lui-même vous ne le verrez pas, même si vous
restez en faction pendant des heures.

Moi je me balade dans ces rues désertes entre midi
et treize heures. L'avenue Henri-Martin souffle des
bruits de charrois de bon aloi ; tout y roule dans des
bains d'huile et sur caoutchouc de bonne éducation.
Même avant les édits on n'y klaxonnait pas ; maintenant on n'y circule pas à proprement parler : on y
roule. Mais la Rolls, la Buick, la Chrysler, l'Hispano a
beau sortir d'Oxford, de Yale et de Salamanque, elle
fait tout de même un certain bruit en se déplaçant. « Il
y a des cas, hélas ! où l'on n'est pas maître de ses bruits
organiques », disait déjà la célèbre comtesse. Elle
ajoutait : « C'est une affaire de tact, d'esprit et d'à-
propos. » L'avenue Henri-Martin fait un bruit de tact,
d'esprit et d'à-propos.

Rue Pascal, rue Alfred-Dehodencq, rue Octave-
Feuillet où je déambule, c'est le silence. Les petits
talons pointus de la femme de chambre jouent des
castagnettes sur le trottoir, castagnettes qui rêvent au
bout des doigts de la danseuse au repos. Cette jeune
femme, très soignée et qui partout ailleurs passerait
pour une princesse, est engloutie par une énorme porte
cochère qui pourrait bien engloutir cent d'un coup de
ces jeunes femmes-là. J'ai le temps de voir, dans
l'entrebâillement de la lourde porte de fer forgé doublé
de verre, qu'une allée carrossable sert de couloir pour

que, par les grands froids ou les pluies, la voiture puisse aller directement déposer son précieux chargement au sec, au chaud, à l'abri. A l'abri de tout, à l'abri du regard de l'ethnologue amateur que je suis.

Je ne cherche pas à comprendre, je cherche à sentir et je ne sais pas plus les raisons de la mélancolie que je goûte à parcourir lentement, vers les quatre heures de l'après-midi, la courbe Caulaincourt-Lamarck, ni pourquoi une mélancolie à peu près semblable mais plus aérienne hante pour moi le boulevard de Courcelles, et surtout la rue de Naples. Les jours gais, je vais, sans explication ni murmure, siffloter de l'Offenbach dans un périmètre toujours le même : rue des Jeûneurs, rue du Sentier, rue Réaumur, rue Vivienne. Si la couleur du jour est à l'orage métaphysique, rien ne me rassure comme une petite marche d'une heure aux environs de la rue du Temple. Si je ne suis rien — car il y a de nombreux jours où l'on n'est rien — je vais au hasard derrière mon nez, m'attendant à chaque instant à devenir quelque chose. Et il est très probable que, si j'avais à faire le portrait de Paris, je ferais, une fois de plus, le mien.

Le bonheur est ailleurs

On peut faire le portrait d'un caractère en faisant le
portrait d'un paysage. Il n'y a pas de barrière entre les
passions, les couleurs et les formes. Les sept péchés
capitaux et même l'espoir sont en rapport direct avec
le violet, indigo, bleu, vert, jaune, orange et rouge,
sans compter l'ultra et l'infra. Telle architectonie
commande pour une grande part à telle conscience.
Certaines décisions sont prises par le désert, la montagne, la mer, la frondaison des forêts, le mugissement
d'un fleuve, l'arc de triomphe du Carrousel, ou la vue
de Rome du Janicule, quand on imagine qu'elles ont
été prises par la conscience, le tempérament ou M.
Descartes. La géographie régionale est un élément du
bonheur (ou du malheur) et le souci lui-même est plus
souvent mis en mouvement par la colline, le ruisseau et
le bouquet d'arbres que par les théoriciens. C'est
pourquoi la couleur et la forme ne sont pas indiffé-
rentes et que les rapports entre elles ne suffisent pas.
Certains rouges sont de Vauvenargues, d'autres de La
Bruyère, d'autres de Freud.

*

Dans leur désir de rajeunir ou de renouveler les conceptions traditionalistes de l'art, certains artistes oublient toutes les ressources du choix. Ils confondent table rase et raisonnement primaire. Le désert est précisément l'endroit où tous les chemins ne sont pas permis ; ce n'est pas le lieu géométrique de la liberté pure mais celui de la discipline la plus étroite.

Or, pour moi qui juge de l'extérieur, voilà ce que je vois : pour ne pas refaire la *Joconde,* Mondrian au bout de toutes ses gymnastiques peint la toile cirée de la cuisine. D'autres, dans leurs moments les plus « orphiques », s'abandonnent à l'unique expression de la couleur ; entièrement d'ailleurs les uns et les autres pour rompre avec la représentation de la réalité.

C'est ici que j'aimerais reprendre l'aiguillage. En quoi la représentation des formes sensibles est-elle nécessairement à rejeter ? Et pourquoi : par principe ? Qu'on décide de ne plus représenter de rochers depuis les Giotto de Padoue (malgré Patinir, les Siennois, Hubert Robert et Gustave Doré ; j'aime citer pêle-mêle ; je vois plus clair) ce n'est qu'une décision personnelle ; qu'on ne veuille plus entendre parler de « carnets » après Rubens, ce n'est qu'une surdité parmi d'autres (malgré Manet, Degas, Renoir, Seurat, Lautrec, Bonnard et même Goya, le Greco et Picasso 1901). Je sais que le rapport des couleurs se suffit ; que ces couleurs soient en forme de fruits, de chairs, d'étoffes, de feuillages et de ciels, ne me gêne pas, au contraire. Il y a même dans la représentation de ces « objets » une humilité qui fait partie de ma condition. Les carreaux de la toile cirée de la cuisine ajoutent peut-être quelque chose à ma tasse de thé du matin (parfois de l'irritation) mais, si je les vois encadrés, accrochés dans un musée et accompagnés d'explications philosophiques (« *Expression immédiate de l'univer-sel* », « *Ce qui est et demeure* », etc.), ils ne sont plus que la manifestation d'un orgueil insensé qui intéresse la psychologie mais plus la peinture.

Je comprends qu'on a voulu sortir des chemins battus mais, qui, pour le faire à toute force, marche sur la mer se noie. Qu'on s'amuse au passage de ces épaves, j'y suis disposé s'il s'agit d'un hommage à cette forme d'orgueil dans l'erreur, assez sympathique quand elle va jusqu'à l'oubli de soi-même. Qu'on me présente ces naufrages comme des fins en soi, voilà où je ne suis plus d'accord.

Je crois être d'une bonne race d'homme : intelligent sans excès, sensuel et sensible, prêt à goûter un peu d'ascèse si elle est succulente et tant qu'elle le demeure ; très attaché à ce qui me fait jouir. C'est avec ce tempérament que je choisis entre autres dans la poésie, la musique et la peinture. Je parle donc de ces arts d'une façon subjective, ce qui, me repoussant dans une catégorie méprisable, me met à l'abri des reproches des magisters. Il s'agit bien d'enchantement au bout du compte. Qu'on cherche à le faire avec des formules, des théories, des abaques de logarithmes propres à exciter mon snobisme et mon goût de paraître, ou qu'on le fasse avec simplement des couleurs et les formes de la réalité. Je tiens à dire que je suis plus disposé à l'enchantement de cette dernière formule de sorcellerie. Je goûte plus intensément l'accord que le discord. L'étonnement dans lequel me met ce dernier est un frisson qui s'épuise vite. S'il y a quelque chose de nouveau à me dépouiller du vieil homme pour essayer de comprendre, je ne tarde pas à me rendre compte que je suis dupe de mes efforts et que ce qui coule de source est du plus parfait usage. Je

ne tiens pas à être du dernier bateau. Pour dire ce qu'il
faudra bientôt crier à tue-tête, je me fiche de ce qu'il y
a dans la Lune quand je ne connais pas encore le cent
millionième de ce que la Terre me propose. Je me
trouve constamment ici-bas dans des moments admirables : que je sois devant une colline, quelques fleurs,
une aubergine, trois citrons, deux œufs, la mer, une
serviette blanche, l'acier d'un couteau, un regard, une
pomme, un cheval. Je ne suis attaché qu'à l'émotion
que ces objets me donnent. Pour me la restituer, les
uns me font passer par des alchimies, les autres
combattent à mains nues avec l'ange. Ces derniers me
touchent d'une flèche plus sûre.

Enfin, il suffit d'un coquillage sur une assiette, d'un
chardon dans un pot, d'une grive sur un rocher ou
d'un bouquet de violettes dans un verre ; l'objet me fait
approcher plus près de la matière et de son signe ; je
m'aperçois alors que ces découvertes seront un jour les
seuls porte-respect de la civilisation.

:

Des diamants sur du velours noir, et c'est le visage
de l'Univers. Voilà la nuit et ses étoiles ; voilà les
espaces infinis qui effrayent Pascal. Les télescopes n'en
voient pas plus et les mathématiques qui essayent de
mettre un semblant d'ordre dans une illusion peuvent
également ici s'enfuir à l'infini dans le tail de ces
étincelles.

Il a fallu une rude poigne pour comprimer les
étoiles ; c'est la même qui a serré le corps du monde
jusqu'à l'éblouissante lumière et la dureté du diamant.
Saint Jean annonce qu'un beau jour le ciel se roulera
comme un livre. Je le soupçonne de sous-estimer

l'étreinte divine : la force de destruction des mondes est métaphysiquement plus grande que la force de création. Dieu ne roulera pas gentiment le ciel comme un papyrus. Il écrasera dans sa main les Arcturus et les Bételgeuse, les Sirius et les Aldébaran. Peut-être l'a-t-il déjà fait ; peut-être est-ce porter au doigt avec le diamant l'alpha et l'oméga d'anciennes Apocalypses ; toute la beauté, la gloire et l'esprit de vieux mondes brusquement réduits à cette extrême et étincelante pureté.

Combien a-t-il fallu de monstres, de dragons égorgés, après des milliards d'années de viols de vierges et de massacre de toutes les argiles, pour faire le rouge du rubis ? Profondeurs pourpres, ardeur de berceau byzantin, perpétuelle aurore, rouge qui n'est pas fait de sang seul mais de victoires et de saint Georges, et de ces cœurs de chevaliers vers lesquels les âges frileux venaient comme vers des forges. Rouge comme les saintes colères et les beaux apaisements, rouge comme le fond du Graal. Il ne s'agit plus ici des espaces infinis et des miracles de la solitude, mais de vie chaude qui reste rouge malgré la colère de Dieu !

D'où vient le vert de l'émeraude sinon d'un matin sur la mer ? Sinon du transparent d'une vague, sinon des grands rouleaux du Pacifique qui frappent les côtes de Chine et du Mexique comme deux tambours alternés ; sinon des abîmes où dort le kraken ; sinon de l'œil de Christophe Colomb teinté de la couleur de l'océan dans sa longue attente ; sinon des verts pâturages que chantent les nègres, et des non moins vertes prairies où paissent les baleines, c'est-à-dire des deux gouffres unis, des paradis du ciel et des paradis de la terre, de la plume des anges (qui est précisément vert émeraude d'après Fra Angelico) et des joues de la laitière qui traversait les brouillards du Mincio en hiver (d'après Virgile).

Ainsi l'art d'assembler les pierres est l'art d'un théâtre de cristal où sont assignées à des sommes de tempéraments et d'états d'âme, des places pathétiques ; l'art de porter ces théâtres au doigt, au cou, au bras, tire son élégance des choses naturelles : l'écorce du bouleau, la peau du cheval, l'écaille du poisson, la plume de l'oiseau, l'étoile de la nuit.

(Cette partie de chronique a été écrite pour une plaquette de présentation de la collection d'un bijoutier niçois, M. Peyrot-Rudin.)

*

La science et les techniques ayant mis, semble-t-il, un petit coin d'univers à la portée de l'homme, son désir s'enflamme et il s'imagine volant de mondes en mondes. C'est d'ailleurs le siècle des *transports en commun.*

A celui qui demande le voyage à son âme la terre suffit. Il ne peut en épuiser les richesses.

Qui se penche sur une fleur s'approche plus près de Dieu que le cavalier des fusées ; la vieille boîte à herboriser fait pénétrer plus avant dans l'univers que le scaphandre de l'astronaute. Le secret du bonheur est là.

*

C'est par un prodigieux numéro de trapèze volant que les hommes vont dans la lune, ou dans les lunes, mais le bonheur est ailleurs.

*

On trouve, dans les chroniques de Giono, bien d'autres réflexions sur l'art, qui pourraient compléter ce texte. En voici, extraites d'une chronique intitulée Le rythme :

Voici un jeune peintre qui ne se satisfait pas de peu et cherche une voie personnelle. On croit, à première vue, à de l'abstraction ; on s'aperçoit ensuite qu'elle est solidement organisée à partir du concret. La première impression, toute spirituelle, une fois dépassée, voici le visage du dieu ; on peut même lui donner un nom : ces cubes, ces rectangles, ces trapèzes, ce sont « les toits de Bormes » ; ce scintillement est la « Loire gelée », et voici des « Blés en juin ». J'aime qu'il nous soit ainsi rappelé qu'il n'existe rien de vraiment abstrait, que tout ce qui met notre esprit en mouvement a ses racines dans ce qui a été créé une fois pour toutes, et existe en dehors de nous. Je sais très bien que des rapports de couleur suffisent, mais je sais aussi que ces couleurs devront obligatoirement avoir des formes déjà vues et dont s'est forcément occupé la géométrie à un moment ou à un autre ; alors, pourquoi pas celles de la vie.

*

Certains peintres voient la réalité, d'autres ne la voient pas. Les uns et les autres inventent, bien sûr, c'est-à-dire s'ajoutent à ce qu'ils expriment, mais leur tempérament les pousse dans des sujétions différentes. Il s'agit, par exemple, d'un rouge vif qui n'existe pas en vérité, et que le peintre a placé à un point de la toile

à partir duquel les accords s'organisent (et ils s'organi-
seront dans une irréalité fort précieuse pour l'esprit) ;
ou bien, il ne sera plus question d'harmonie, mais
seulement d'un choix dans le désordre de la nature (et
l'intérêt se trouvera dans l'évidence qui apparaîtra).
Un peintre qui voit la réalité, c'est donc toujours un
choix qu'il fait. Il ne compose pas à partir d'une idée,
mais d'un point de vue. Mais peindre les objets tels
qu'ils existent, être fidèle à la forme et à la couleur, on
imagine dans quel académisme ces exigences pourraient faire tomber le peintre. Heureusement, l'expression d'un simple roseau (si le choix a été fait par un
cœur exigeant) peut être l'expression de la joie et de la
douleur du monde. Il suffit d'un simple orient ; c'est la
gloire de la peinture.

*

Aujourd'hui, la peinture a peur de son passé.
Comme tous les arts terrifiés — voir par exemple la
littérature —, elle se rue dans la rhétorique. Quand on
n'ose plus raconter d'histoires, même pas celle d'une
pomme sur une nappe, on use son temps à enfiler des
mots comme des perles ; pour fuir *L'Angélus* de Millet,
on tombe dans la toile cirée de cuisine de Mondrian.
Or, ce n'est pas l'anecdote qui est stérile : c'est
l'anecdotier. S'il n'a rien à dire, ce n'est pas en
réduisant son registre à l'essentiel qu'on le rendra
éloquent, et, s'il l'est, il le sera avec n'importe quoi.
    L'abstrait n'est donc pas plus près du dieu 1962 (et
la suite) que le concret ; l'absence de figure n'est pas
plus angélique que la figure. Le formel peut être une
aussi grande découverte que l'informel. Tout est dans
le peintre.

Certains gitans

Je ne suis pas un spécialiste des gitans. Je suis intéressé par eux comme tout le monde l'est par quoi que ce soit ou qui que ce soit qui symbolise la liberté. Il y a près de chez moi, sur la route de Marseille, un petit hameau de gitans ; c'est exprès que j'emploie ce mot de hameau : c'est une agglomération de huit à dix roulottes dételées. Je m'empresse d'ajouter ici que ce ne sont plus des chevaux qui traînent ces roulottes : ce sont des autos, parfois vieilles, parfois neuves. Comme je ne connais rien non plus aux autos, je ne peux pas parler de marques, je ne peux que les décrire rapidement : ce sont de longues voitures à six places, aux rembourrages en bon état, avec des pare-chocs éblouissants et beaucoup d'enjoliveurs, tout à fait semblables, à mes yeux, à celles qu'emploient les notaires, ingénieurs, médecins, préfets de la région, et moi-même. Chaque fois que je fais le voyage de Marseille par la route, je passe à côté de ce hameau de gitans et chaque fois un de mes compagnons ne manque pas de dire : « Voilà la belle vie ! » A quoi je réponds chaque fois « oui » parce qu'il est plus facile de répondre oui que non.

Pour les besoins d'un film, je suis entré en rapport

avec ces symboles de la liberté. Nous voulions une de ces roulottes, qui sont très pittoresques, et une famille avec marmaille, matrones, jeunes filles, jeunes gens et patriarches. Ils devaient être à notre disposition pendant huit jours. Nous parlâmes au patriarche. Il arrivait du village voisin. Il avait manifestement bu. Il nous répondit dans un langage guttural où les amateurs de pittoresque pouvaient voir *ad libitum* du hongrois, de l'aztèque, de l'égyptien, du basque ou du chinois, d'ailleurs incompréhensible dans sa totalité. Il s'adressa à sa tribu dans ce même langage. Alors s'avança une sorte de Grec d'Eschyle, à l'œil de velours, au geste divin, à la noblesse incarnée, qui nous répondit en français. Ce français était parfaitement correct, seul l'accent était étrange : certains mots étaient prononcés avec l'accent de Toulouse, d'autres avec celui de Belleville, le tout dramatiquement interprété sur un mode lyrique, avec un extraordinaire sens du théâtre. Chaque fois que ce garçon regardait derrière lui, il semblait chercher le mur d'Orange ; surtout quand on commença à parler argent.

J'appris beaucoup de choses. Entre autres qu'ils (tous les gitans que nous voyions là et qui nous regardaient avec beaucoup d'intérêt) étaient propriétaires du terrain sur lequel ils campaient : c'est-à-dire qu'aucun arrêté municipal concernant les nomades ne pouvait les en chasser. Qu'il faudrait, au moment du tournage du film (nous nous étions mis d'accord) ne pas garder la tribu trop longtemps loin du village, car il fallait que les enfants aillent à l'école, cette assiduité faisant partie des conditions requises pour toucher l'allocation familiale. Enfin, tout ceci réglé, comme nous n'avions besoin d'eux que quatre mois plus tard et que nous nous demandions comment les prévenir (car ils nous avaient dit qu'ils devaient partir le lendemain pour une tournée d'itinéraire assez compliqué dans le département), le jeune tragédien nous dit, modestement, d'adresser notre correspondance dans une banque de Manosque, qui ferait suivre.

J'ajoute qu'il s'agissait bien de gitans, enfin des gens que moi qui n'y connais rien, j'appelle gitans. Les femmes avaient cette démarche de plantigrades qui met en valeur des fesses superbes et un dédain péremptoire pour l'hydrothérapie. Les cheveux de tout le monde, enfants, hommes et femmes, étaient huilés et parfumés ; la barbe du grand-père, grise, ruisselait de pommade au musc mêlée à un peu de vin répandu. Le type des visages était oriental : de chaque côté des nez busqués luisaient des yeux de charbon mouillé ; les femmes avaient la peau verte touchée d'un rose exquis aux joues ; des lèvres en arc tartare ; des fesses importantes mais bien suspendues ; toutes, enceintes à des degrés divers, traînaient, ou même allaitaient, ou tout au moins donnaient le sein, en guise d'amusement ou d'habitude, à de gros poupons royalement crasseux. Il y avait manifestement — à première vue toutefois —, entre le nombre de femmes fécondées et le nombre des fécondateurs, un déséquilibre apparent. A part le tragédien qui pouvait avoir dans les vingt-cinq à trente ans et le grand-père qui pouvait avoir soixante-dix à quatre-vingts ans, il ne paraissait pas y avoir d'autres hommes pour la roulotte qui nous intéressait. La question posée, non par curiosité mais pour la qualité de la mise en scène projetée, le tragédien, cherchant de plus en plus le mur d'Orange derrière lui, nous déclara qu'en plus de ses sœurs (les femmes enceintes) il avait encore quatre frères. A moins de donner aux mots de frères et sœurs des sens particuliers, je décidai en moi-même qu'il y avait là quelque chose de typiquement égyptien et j'appelai ces gens-là des gitans.

Je connais des gentlemen qui sont spécialistes des gitans. Dans le milieu littéraire cela se porte beaucoup. Ces spécialistes parlent, et fort bien, de folklore, de danses, de bracelets, d'anneaux de pieds, de bonne aventure, de beauté fatale, de poignards, de jalousies féroces, de grandeurs royales, de ferveur religieuse, de fuites nocturnes, etc. Il y a toujours un feu de camp genre boy-scout, mais bien plus gros, entouré de visages inquiétants qui apparaissent et disparaissent dans la lueur des flammes et, devant ces flammes, une femme flamme qui danse. Cette danse est toujours qualifiée de provocante ; la danseuse qui provoque est toujours très belle, très hardie, très malheureuse, très sentimentale, un mélange de Lollobrigida, de Marilyn Monroe, de Fleur-de-Marie, d'Esméralda et de Fred Astaire. Elle a les pieds nus.

J'exagère à peine. Les quelques finesses que les spécialistes introduisent dans l'utilisation de l'arsenal ci-dessus inventorié peuvent faire croire à quelque exagération : si on regarde bien la matière gitane proposée à notre curiosité, on s'aperçoit qu'elle ne sort de ce pittoresque que pour mieux y rentrer. De là d'ailleurs ce symbole de la liberté qui épate d'autant plus les bourgeois et les prolétaires qu'ils en projettent le sens de tous les côtés comme des barbets sortant du bain : liberté de l'amour, liberté de l'assassinat, liberté de la fuite, liberté du travail, ainsi de suite, jusqu'à la liberté de l'égoïsme le plus total.

La domiciliation dans une banque (et une grande, disons la Banque de France, pour ne pas faire de personnalité) m'avait beaucoup défrisé. Au point que le nombre de « sœurs » enceintes ne suffisait pas à me

replacer dans ce que le commun des mortels et la Régie
des tabacs appellent la ressource gitane. J'étais en
présence de gens à peine un peu plus sales que moi (et
encore!) pour lesquels les allocations familiales
tenaient lieu de Graal, ce qui est très européen, et
difficile à placer dans un contexte romantique.

J'avais rencontré, quelques années auparavant, des
gitans plus faciles à empanacher. C'était en Écosse,
entre Nairn et Inverness. Ils avaient une vieille Rolls ;
mais en Écosse on ne sait pas à quel âge une Rolls est
vieille. Ils avaient une vieille Rolls et un très beau
cheval de course : un pur-sang digne des fresques de
Tarquinia. La Rolls était arrêtée à un carrefour ; le
cheval trônait (c'est le cas de le dire) sur un bout de
prairie. Il n'y avait là que des hommes et une très
vieille femme qui fumait la pipe et crachait avec
précision une salive abondante. La précision allait
jusqu'à atteindre chaque fois une tête de coquelicot à
trois mètres du talus sur lequel la vieille femme était
assise. Là non plus il n'y avait pas à se tromper sur le
caractère oriental des visages ; de plus, les hommes
portaient un cercle d'or en pendant à l'oreille droite, ce
qui est de tradition pure et tombe dans le catalogue des
spécialistes. Là aussi il était naturel de prendre pour
du magyar, du patois sanscrit, du bengali de bas étage
ou du syriaque le langage échangé par ces personnages
manifestement hors série. D'autant qu'un crépuscule à
la Walter Scott tombait sur des moors dorés de
bruyère et qu'un océan livide grondait à l'horizon sous
le ciel noir. Mais, foin de détails pittoresques, c'est la
vérité que nous chassons. Mes gitans, cette fois-là,
étaient armés d'une cellule photo-électrique et cher-
chaient la bonne lumière pour photographier le cheval.
Si les visages étaient orientaux, les vêtements étaient

indigènes : les hommes portaient le long pantalon
collant fait dans du drap de kilt, de petites vestes de
tweed à bords ronds et ils arboraient de très corrects
chapeaux melons demi-bombés d'où dépassaient
d'abondants cheveux crépus. La vieille dame — car,
malgré (ou à cause de) la pipe, c'était une dame —
avait un caraco violet et une ample jupe sang-de-bœuf,
un peu remontée, car elle s'était mise à l'aise, qui
découvrait deux ceps de vigne noirs, ses pieds — nus,
je dois le reconnaître —, mais j'avais déjà vu de vieilles
Écossaises pieds nus. Elle portait un turban.

Mrs. Brown, ma logeuse, à qui je fis part de cette
rencontre, me confirma le fait que c'étaient bien des
gitans. Il y en avait une tribu à demeure depuis plus de
vingt ans dans un repli de la côte. Sur la foi d'un
roman intitulé *La Baie du destin* (un fort joli livre
d'ailleurs et que je relis souvent), je crus être tombé sur
une de ces extraordinaires tribus qui font courir des
pur-sang sur des hippodromes campagnards et raflent
les prix et les grosses mises avec le noble travail de la
science chevaline. Mrs. Brown me dit que c'étaient en
effet des maquignons. Mal satisfait par ce mot et ayant
poussé ma logeuse dans ses retranchements (car je
tenais à ma science chevaline et à ma *Baie du destin*),
cette femme simple, en phrases simples, m'expliqua
peu à peu qu'il s'agissait de maquignons comme il y en
a à Romorantin, à Draguignan, à Saintes, à Embrun, à
Nancy, à Brest et à Lille ; ou, toutefois, comme il y en
avait. Mrs. Brown parla assez longtemps pour me faire
comprendre que ces gitans avaient en effet le sens du
cheval, mais les maquignons en blouse l'avaient aussi,
et qu'ils étaient très forts pour maquiller les bêtes.
Mais les maquignons en blouse n'étaient pas non plus
des enfants de chœur. La cellule photo-électrique, et

même le crépuscule, s'expliquaient par le fait que la première était destinée à choisir dans le second le taux de lumière exact qui ferait ressortir la beauté du cheval en dissimulant toutefois ses défauts, la photo de l'animal devant figurer dans la feuille d'annonce d'Inverness. « Il leur suffit, ajouta-t-elle, d'appâter le client et de le faire venir sur le lieu de vente ; après, ils se débrouillent. »

Revenons à mes gitans des Basses-Alpes avec lesquels j'eus un commerce plus prolongé. Ils devaient être à notre disposition le 5 avril ; nous les convoquâmes pour le 4. Le 3 ils étaient là, et le 6 nous étions amis comme cochons ou plus exactement comme cul et chemise. Ils faisaient leur tambouille en plein air, mais sur du gaz butane, et ce qu'ils cuisaient ressemblait étrangement à du miroton et, dans les grands jours, à du rata. Il commençait à faire chaud et ils demandaient une indemnité de coca-cola. Sauf le patriarche. Ce vieillard gardait quelque mystère. C'est à lui que je m'attachai, d'autant qu'il ne participait pas à la prise de vues. Au bout de vingt-quatre heures, je comprenais quelques mots de son sanscrit, de son magyar, de son chinois, comme on voudra. Je n'avais aucun mérite car c'était simplement du français barbouillé dans de la barbe entremêlée, une denture branlante, du brouillard éthylique et une hérédité à la fois agreste et marloupiane, comme il s'avéra par la suite. « Nous sommes d'authentiques gitans, me dit le tragédien. Notre famille a donné deux reines à notre peuple. Je suis commerçant patenté. J'achète la ferraille et les métaux non ferreux. Ne vous inquiétez pas pour le cinéma, nous avons l'habitude : nous allons chaque année aux Saintes-Maries-de-la-Mer. C'est moi et mes trois frères qui portons la statue des saintes et il y a un moment où nous devons trébucher et faire semblant de tomber dans l'eau pour tirer des cris. Nous le faisons très bien et les cris que nous tirons de la foule sont cent fois plus beaux que ceux de la précédente équipe. »

Pendant qu'on employait ces artistes de choix, je faisais la conversation avec le patriarche. J'avais fini par démêler dans son comportement linguistique des règles qui donnaient physionomie à quelques mots : par exemple toutes les voyelles étaient aspirées ; les consonnes dont la prononciation exigeait un appui sur les dents étaient carrément supprimées ; celles qui demandaient l'action des lèvres étaient sifflées ; les autres se débrouillaient avec les moyens du moment qui étaient presque toujours gutturaux. J'affirme qu'à première audition, la plus belle phrase de Chateaubriand ainsi prononcée ressemble à du hongrois. Le patriarche m'apprit qu'il était né sous Eugène Sue, de la conjonction d'une paysanne et d'un voleur de poules, à Saint-Étienne dans la Loire.

Le tragédien ajouta quelques explications qui obscurcirent encore un peu plus la Hongrie. « Il (le patriarche) ne fait pas partie de la famille, dit-il. Nous l'appelons papa parce qu'il est notre papa, un point c'est tout. Et ce n'est rien. Il ne faut pas lui donner un sou... D'ailleurs j'ai prévenu votre régisseur. Ce que vous nous devez pour le travail que nous faisons là, en figurant avec notre famille, doit être versé au compte postal » (et il me donna le numéro).

Le patriarche, lui, s'étant raffermi les dents et démêlé la barbe avec un demi-litron (il ne s'embrouillait dans le vin qu'à partir du cinquième litre), me parla un peu de sa jeunesse. Sous Pierre Loti, il fréquentait le champ de course de Furs qui, à cette époque, n'était encore qu'une prairie où des Auvergnats passionnés de cheval faisaient courir le long de haies de peupliers. Ce qui, par un certain côté, le rattachait aux gitans d'Écosse.

Bref, quand nous nous séparâmes pour toujours de cette énigmatique famille, restait à savoir : premièrement le sens des mots de la tribu ; deuxièmement son mécanisme financier intérieur ; troisièmement son degré véritable de liberté. Enfin, étant donné la domiciliation de banque, le compte postal et la patente, restait également à savoir s'il s'agissait de bourgeois très sales ou de gitans à peu près nettoyés.

L'art de vivre *

En terme d'anatomie, le cœur est un organe conoïde creux et musculaire qui, renfermé dans la poitrine, est le principal agent de la circulation du sang. Mais le tout n'est pas dit : ce mot est chaque jour prononcé des millions de fois en toutes les langues, même les plus mystérieuses, tous les dialectes, même les plus idiots, et jusque dans les plus sauvages des onomatopées. C'est le plus important de tous les mots, même avant les jurons. On en parle tout le temps : on se ronge le cœur, on en a le cœur net, on a le cœur dur, le cœur gros, la bouche en cœur, un cœur d'or, un bon cœur ; on est joli comme un cœur, on parle au cœur, touché au cœur, ce qu'on a sur le cœur, jusqu'au Sacré-Cœur, etc.

Le cœur ne meut pas que le sang, mais aussi l'ensemble des facultés affectives, des sentiments moraux, la mémoire des sentiments, la pensée intime, des dispositions secrètes, l'affection, la tendresse, l'amour, l'ardeur, le vif intérêt, le courage, la fermeté — Rodrigue, as-tu du cœur ? — la générosité ; le cœur est la partie centrale de tout ce qui compte (le cœur du

* Préface à *La Vie du cardiaque,* du docteur Marius Audier.

problème, comme on dit si bien aujourd'hui) ; le cœur
est dans le blason (le milieu de l'écu, le cœur, s'appelle
aussi l'abîme), en astronomie (Antarès ou le cœur du
Scorpion), en termes de métier, en proverbes, etc. « De
gaieté de cœur, lui manger le cœur, savoir par cœur,
dîner par cœur, le jour n'est pas plus pur que le fond
de mon cœur, le cœur sur la main, de grand cœur,
enfin, à tout cœur ! »

Le cœur est donc à toutes les sauces. Mais, après les
métaphysiques et les métaphores, que devient notre
petit organe « conoïde, creux et musculaire », comme
dit M. Littré ? C'est de lui que tout vient : romans,
poèmes, sagesse des nations, et, en premier lieu,
l'existence pure et simple.

Nous jouissons, nous souffrons, nous prenons connaissance des choses du monde, nous utilisons nos sens
et, malgré nos métaphysiques et nos métaphores, et
notre existence propre, nous oublions facilement le
moteur premier de tous nos actes. Notre pompe
aspirante et refoulante une fois amorcée par notre
naissance, elle fait son chemin toute seule, si seule que
nous ne nous soucions plus d'elle. A moins qu'elle ne
s'engorge, ou qu'elle rate, que ses clapets ne bégayent,
que ses tuyaux ne s'encrassent, enfin, tout ce que fait la
pompe du jardin. La pompe du jardin est facile à
arranger. C'est du bricolage démonté sur l'herbe, puis
remonté, engrené, et en avant la musique ; mais le
cœur ne recommence pas si facilement son engrenage
de la symphonie du monde.

Quand tout marche, on est à la fois la pompe et le
puits ; quand rien ne marche, on est aussi à la fois la
pompe et le puits : l'homme de l'art s'occupe alors de
la pompe, mais il faut que le puits s'occupe de lui-
même. Je ne suis pas docteur, évidemment, mais il me

semble seulement que, dans quatre-vingt-dix-neuf cas
sur cent, il faut que le patient s'aide soi-même (le
puits).

Je suis, moi aussi..., mais avant de parler de mes
maux, il faut que je me souvienne d'abord d'une
délicieuse vieille dame (la grand-mère de ma femme).
Elle avait eu une affection cardiaque à l'âge de
cinquante ans. Elle écoutait son docteur tout simplement. Elle mourut à cent trois ans, ou, plus exactement, elle ne mourut pas : elle s'endormit. Elle était
charmante, j'aimais l'écouter. Je lui demandais comment allait son cœur. « Je ne sais pas, dit-elle,
Monsieur P. (le docteur) le sait. Quand on est
prévenu, ajoutait-elle, on est déjà presque guéri. »

Oui, je me suis débattu. Vivre de régime ! C'était la
fin de tout. Pas de tabac. (Je fumais la pipe, et j'aimais
fumer mes pipes, ou le cigare. Ah, les cigares !) Pas de
sel. Je me suis dit : je perds tout ce qui fait le sel de la
vie. Je mettais toute la succulence de la vie dans ce
petit mot de trois lettres : « Ce sel est une ambroisie »,
dit Othello.

Eh bien, non, l'ambroisie est ailleurs. J'ai cessé de
fumer. On m'avait autorisé deux pipes par jour. Je
luttais pied à pied, je tenais à mes deux pipes. On m'a
dit : « Bon, gardez-les. Une après le repas de midi,
l'autre le repas du soir. » Le paradis ! Deux paradis
par jour. Instinctivement, je cherchais le vrai paradis.
Je l'ai trouvé, bien sûr : il fallait tout simplement
supprimer les deux pipes. On ne m'a pas obligé. Je l'ai
fait tout seul. Pourquoi ? Parce que c'était beaucoup
plus agréable de ne pas fumer. Les nouvelles séduc-
tions s'étaient approchées et s'étaient installées. Je ne
fumerais pas pour tout l'or du monde. On m'offre
encore quelquefois de magnifiques cigares : des

Pérous, des Golcondes, des Pactoles, tous les parfums
de l'Arabie. Je les donne : l'air pur est un Pérou, des
Golcondes, des Pactoles, vraiment tous les parfums de
l'Arabie. J'ai retrouvé, par exemple, un parfum très
discret, presque imperceptible, que je savourais dans
mon enfance (avant de fumer). C'était l'odeur du
réséda. Ma mère aimait le réséda. Elle en gardait
parfois des brins à son corsage. Je n'avais jamais plus
senti l'odeur du réséda. Maintenant, oui.

Maintenant aussi, par exemple, je sens de loin, au
printemps, la sève sucrée des saules. C'est une odeur
qu'on perd constamment quand le sens olfactif est
brutalisé par le tabac. Dès que le sens est libéré (on s'y
fait vite, surtout si on y donne attention), on retrouve
la nouveauté des richesses du monde. Je parle de cette
sève sucrée, c'est que c'est un parfum exquis, non
seulement exquis, mais il parle à l'âme, c'est un
enchantement.

En mars, avril, jusqu'après les bourrasques du
printemps et les premiers coups de chaleur, l'écorce
des saules exsude de minuscules perles de sève.
J'imagine que c'est à cause d'un équilibre biologique
végétal (le saule) et l'animal (certains insectes), et
pour que cet équilibre existe, il est fait pour appeler,
être attrayant. On ne sent jamais cette odeur, parce
qu'elle est très délicate, parce qu'elle n'est pas en
réalité pour nous. (On nous a expulsés du paradis
terrestre. On ne hume désormais — et de plus en plus
— que l'arbre de la science.) Cependant, dès qu'on
devient un « homme de bonne volonté », on sent
l'odeur exquise de la sève des saules.

Je pourrais multiplier les exemples, et jusqu'à
l'odeur des herbes les plus humbles, mais parlons du
sel. J'avoue que la privation du sel m'a paru être la

privation de toute joie, j'ai mis longtemps à revivre. Je salais beaucoup tous mes aliments, je raffolais du sel : anchois, poutargue, harengs saurs, jambons, salaisons, fromages, et la simple salière. Quand le sel me fut refusé, ou plus exactement quand il fallut opter entre vivre ou manger du sel, je crus que la vie s'obscurcissait. Le faux sel ne remplaçait jamais le sodium. Je me jetais dans les épices et les condiments, je saupoudrais mes aliments de toutes les poudres imaginables : thym, sariette, laurier, ail, persil, et même les poudres les plus inventées ; rien ne remplaçait le sodium. Je rêvais de sel.

Je compris que le problème devait être pris d'un autre côté (il ne s'agit, bien entendu, que de mon tempérament personnel). Il fallait d'abord (pour moi) me déshabituer du sel et me mettre à mains nues sans essayer de chercher ma joie, mon plaisir, ma saveur, mon goût. Je fis un régime strict, vraiment strict (même avec le lait dessalé). J'étais constamment dans le dégoût, le haut-le-cœur (c'est le cas de le dire), je ne m'accrochais qu'à mon désir de me battre.

Soudain (car la chose arriva vraiment soudain, sans préalable), un goût arriva, et un goût différent : le goût des aliments non salés, un goût nouveau. Je compris qu'il fallait surtout prendre une nouvelle habitude : prendre l'habitude de l'absence de sel ; pas l'absence totale, puisqu'elle n'est pas possible, ni pas souhaitable, sauf pour des cas très graves, mais prendre l'habitude du sel naturel des choses, sans avoir recours au sel de cuisine.

Si j'ai parlé d'abord de la suppression du tabac et des nouvelles odeurs, c'est que pour le sel c'est pareil, les nouveaux goûts s'installent. Non seulement ces nouveaux goûts s'installent : celui de la viande grillée, du poisson, de la pomme de terre, du miel (bien sûr, mais sait-on que le miel se dit au pluriel les miels — il y a autant de goûts, autant de terroirs), non seulement, donc, les nouveaux goûts s'installent, comme une nouvelle gourmandise, mais à partir de là on peut tout enrichir avec les épices et les condiments. Ce qui paraît, au début, monotone ou plat (même le poivre) tant qu'on n'est pas débarrassé de l'habitude du sel en excès. Tout s'exalte et s'harmonise. C'est une nouvelle cuisine.

Il ne s'agit pas seulement de cuisine, ou de régime, ou de médecine, c'est une philosophie ! La valeur du « peu », la valeur de très peu de chose. On s'étonne du peu qu'il faut pour vivre, non seulement pour vivre simplement, mais pour vivre royalement ; du moment qu'on sait vivre.

De l'insolite rapproché

Dessiner avec la couleur. C'est du rapport des couleurs entre elles que surgissent les formes. Nous sommes loin de la civilisation de l'image. Mais ici le peintre échappe à la tentation de l'intelligence ; il ne va pas la pousser à l'extrême, il n'en garde que ce qui lui permet d'exprimer la sensation. La méditation a toujours deux issues ; une donne sur la métaphysique, l'autre débouche au milieu des phénomènes de la biologie. On comprend la tentation de l'informel : dans quoi, tout compte fait, il y a plus de forme qu'on ne croit, puisqu'elles y sont toutes, sauf celle de l'objet.

Il y a la première couleur mise qui en appelle une autre, puis une autre, puis, d'appels en appels, la suggestion des formes, et il y a une première couleur mise qui est fondation, et sur laquelle (ou autour de laquelle) les autres couleurs s'appuient pour construire la forme. Cette seconde façon de procéder laisse toute leur liberté aux structures naturelles, malgré le libre jeu de la poésie. C'est le reflet du monde et non plus un reflet du monde. Il faut plus d'intelligence pour soumettre l'intelligence aux exigences de la réalité que pour la mettre au-dessus de tout.

La peinture est une entreprise chiffrée. Son écriture

a besoin de signes, comme toutes les écritures. Les signes qu'elle emploie ne sont pas catalogués dans des dictionnaires ; la syntaxe qui dirige l'organisation des signes n'est pas codifiée dans une grammaire. L'artiste doit tout inventer, signes et syntaxe, tout tirer de lui-même. Quoi qu'il fasse, il fera toujours son portrait. Et c'est seulement parce qu'il fait son portrait que les signes qu'il a inventés et l'ordre dans lequel ils nous parviennent forment un langage compréhensible. Voilà du subjectif parfait. Le subjectif, qu'on repousse partout comme mensonge, ici on le désire.

Nous sommes loin du monde de l'expérience, nous sommes dans le monde de la découverte. Le peintre est un aventurier. Qu'on ne me parle pas de technique. Ici, nous n'avons pas besoin de M. Barème, mais de Livingstone. Partir à l'aventure : et chaque jour, à chaque toile, à chaque coup de pinceau. L'expérience ne sert à rien. Qu'on ait cent ou vingt ans, il faut qu'on ignore ce qui va sortir du taillis qu'on est en train de battre. La vérité est à ce prix. Ce n'est pas la première fois qu'un art est paradoxal. Peindre exige une discipline contraire de celle qu'exige l'envoi d'une fusée dans la lune : ici, tout est bonheur d'expression, là tout est calcul ; ici, l'erreur est la vie, là elle tue sans rémission. Les savants devraient y réfléchir, et se méfier ; ils ne vont certainement pas dans le bon sens.

Un philosophe disait ces jours-ci que les peuples ont aujourd'hui le droit d'accepter ce qui leur plaît et leur sert ; ils n'acceptent que la civilisation technique. Il partait de là pour s'étonner que néanmoins ces mêmes peuples acceptent la peinture abstraite. C'est cependant logique : l'abstraction est une technique, une absence d'aventure. Ainsi le rationnel déraisonne, et là aussi les savants feraient bien de se méfier.

Noël

Il y a presque deux mille ans, ce jour-là un petit enfant est né dans une famille pauvre. Chassés de partout, le père et la mère sur le point de sa délivrance se réfugièrent dans une étable. Là, l'enfant vint au monde. La mère, disent les nombreuses écritures, était si dénuée de tout que pour protéger son enfant du froid, elle fut obligée de le mettre dans la crèche, c'est-à-dire dans la mangeoire sur un lit de foin, et sous le mufle d'un bœuf et d'un âne qui se trouvaient là. L'haleine des animaux réchauffa le petit garçon (car c'en était un). Imaginez quel bouleversement, si ç'avait été une fille, ou deux jumeaux, ou des quintuplés ! Le cas a été doctement examiné en Sorbonne et à La Haye en 1623, par le R.P. Laguille, le R.P. O.P. Labat, Kypseler de Munster, et plus de cent cinquante docteurs de tous les horizons. Les discussions les plus abracadabrantes auxquelles ils ont consacré des tonnes et des tonnes de beau papier ne font que mieux ressortir l'étrange et l'infinie solitude de ce petit garçon couché dans la mangeoire sous le grand ciel, clair mais rude, d'une nuit orientale ; dans un orient où s'entrechoquaient encore les épées romaines.

On a beaucoup parlé depuis d'une étoile magnifique

qui brilla spontanément, cette nuit-là, au-dessus de l'étable prédestinée, étoile qui guida vers le nouveau-né des bergers (ce qui est sûr) et probablement des rois (ce qui doit être une invention du peuple, qui désire toujours avoir des rois dans son merveilleux). En tout cas, en ce qui concerne l'étoile, on sait beaucoup de choses sur elle. D'abord, dans notre jargon scientifique du xx⁰ siècle, on suppose que c'était une *nove*, c'est-à-dire une étoile dans laquelle se déclenche une explosion atomique, et qui passe brusquement d'une intensité lumineuse, disons 1, à une intensité disons 1 000. Pendant un très court laps de temps, bien entendu ; c'est au fond une étoile qui se dévore elle-même. C'est déjà très joli : ce petit garçon très pauvre, tout nu, et cette étoile (donc ce monde) qui se dévore lui-même, au-dessus de l'étable où il est né. Mais il y a, sinon mieux, une autre chose extraordinaire à propos de cette étoile (dont on pourrait contester la présence et le suicide, et justement on ne le peut pas). Dans le *Toug-Kien-Kang-Mou*, qui est l'histoire générale de la Chine, sous le règne de Han-Ngai-Ti, et l'année même de la naissance du petit enfant pauvre, et la nuit même où il était couché dans la mangeoire, nous lisons que l'étoile Kien-Nieou, « après avoir brillé trois nuits durant comme le soleil, disparut de l'Univers et fut avalée par l'ombre ».

Reprenons notre course haletante vers les infinis où les mondes se dévorent pour la gloire des petits enfants nus.

« Il y a plus de choses dans le ciel et sur la terre que dans toutes nos philosophies. » Tant mieux.

L'an deux mille

Les gens qui nous régissent à coups de technique sont pleins de sollicitude. Ils vont nous faire des paysages. Jusqu'ici nous nous contentions, au petit bonheur la chance, de la nature des choses, on va désormais l'organiser. Il y a un plan : « une prospective des paysages (je n'invente rien) avec un praticien du paysage, un plasticien et coloriste conseiller d'ambiance visuelle » (je continue à ne rien inventer) et des quantités de fonctionnaires syndiqués (avec droit de grève) sans autre spécialité que de « fonctionner » par excellence.

Jusqu'ici j'avais traîné mes guêtres un peu partout, et du diable si j'avais imaginé le fonctionnement d'un paysage. J'en ai vu de toutes sortes ! Tous extraordinaires, autant dans la grandeur que dans l'intimité, depuis les horizons déroulés à l'infini, jusqu'aux touffes de bourrache sur un simple talus. Trois chênes, un saule, un champ de seigle, des peupliers, la flexible colline, le fleuve, le ruisseau, le nuage, le vent (qui est paysage à lui seul), les pluies, les orages, un amandier mort, l'olivier, le pin (sans compter son murmure qui est paysage imaginaire superposé au paysage réel), le vol des oiseaux, l'aboi d'un chien... sans compter l'horizon sonore du rossignol sous les tilleuls de la nuit, et les libres espaces des parfums.

Je cite le « praticien » du paysage, d'après la revue *Deux Mille* : « Le paysage est le sous-produit, ou plutôt l'extraordinaire produit second de toute activité humaine. Il n'est en France jamais " naturel ", dans le sens de spontanéité biologique sans hommes. C'est un produit manufacturé analysable. Il n'est qu'exceptionnellement volontaire, sauf en quelques points où l'homme a su l'exalter, le magnifier ou le contredire. Son entretien difficile et permanent ne peut être assuré que pour satisfaire des besoins sans rapport avec le paysage créé. Cependant, cette fois créé, il devient lui-même objet de consommation », etc.

De qui se moque-t-on ? Car il y a ainsi dix pages copieuses de même encre, pleines d'une syntaxe, d'un vocabulaire et d'une phraséologie idoines, d'où je cite : « une certaine pérennité fait que l'on consomme en général le paysage de la société dont on émerge » ! ou bien (je cite encore) : « Ce n'est pas de la science-fiction. Si vous réunissez les plus sages et les meilleurs techniciens de nombreuses disciplines, le paysage probable qui sortira de la fusion des dossiers sera bien plus extraordinaire », etc.

Plus extraordinaire que quoi, le paysage qui sortira de la fusion des dossiers ? Admirons au passage l'image de style : la fusion des dossiers ; ce sera certainement quelque chose d'extraordinaire. Mais le paysage ?

J'habite un pays de mesure. Les collines sont de taille humaine. Elles ne sont pas recouvertes des forêts du Meschacebé, mais de simples chênes blancs, de pins vulgaires, de quelques oliviers de pousse récente. Notre argile est à peine un peu cuivrée, mais dans l'ensemble elle a la couleur de la terre, comme vous et moi. La contrée ne se convulse pas, elle n'a pas l'horizon cornélien, et son pathétique ne se comprend qu'à la longue, avec tendresse. Les vallons ne sont enchevêtrés que par la malice des dieux, ou leur bonne fortune. Les pluies, les vents, les soleils s'occupent constamment de tout. Les charrois de graines, de racines, de plantons se font paisiblement ; tel bosquet finit par émerger où il faut, telle bruyère s'installe exactement où elle le devait, notre « environnement » (comme dit l'autre) naît en même temps que nous, sans « praticien du paysage » et sans « plasticien coloriste et conseiller d'ambiance visuelle », et sans la « fusion des dossiers ».

Demain (car j'ai beau dire : comment résister à ces modernes fonctionnaires appuyés du désir des bulldozers), demain, au milieu de leurs paysages fabriqués, un enfant nu rencontrera, un beau jour, de nouveau, « un matin de mai sur la mer ».

*

Puisque nous parlons de la mer, restons dans la perspective de l'an 2000. Un de mes amis bourlingue sans arrêt sur un petit chalutier transformé en laboratoire météorologique. L'an dernier il revenait cahincaha d'Islande. En haute mer (à plus de trois cents milles des Orkney), il sentit dans le vent une odeur étrange : elle était douceâtre et aigrelette, et elle ne ressemblait à rien de connu. Enfin il vit devant sa route une tache rouge vif. A mesure qu'il avançait, il s'aperçut que la tache (d'une couleur antinaturelle sinon surnaturelle), toujours rouge vif, avait plusieurs kilomètres carrés d'étendue. L'odeur était maintenant insupportable, l'équipage s'était mis à vomir à qui mieux mieux. Mais nous ne sommes plus à l'ère des mystères ni aux gestes des dieux, nous sommes au moment où les mystères ne montrent plus que leurs côtés chimiques, et les gestes des dieux sont, pour l'instant encore, étroitement circonscrits dans des barèmes catalogués. Cette plaque rouge vif qui s'étendait sur plusieurs kilomètres carrés était tout simplement (admirez l'adverbe) un infâme conglomérat de poissons morts. Morts, mais étrangement morts, d'une mort devenue nouvelle : ils ne se décomposaient pas en pourriture naturelle, mais en pourriture moderne, si on peut dire. Il ne restait qu'une odeur douceâtre et aigrelette, que la couleur : le rouge vif, le rouge chimique, et le fait que les cadavres n'évoluaient pas vers les fins normales. Le petit chalutier mit trois jours pour déborder ce nouveau cimetière marin. On suppose qu'un navire avait nettoyé à cet endroit-là ses cales d'un pesticide quelconque.

Ce ne sera pas le dernier. On a déjà empoisonné le Rhin, et le Rhin n'est pas le bief du moulin. Toutes les techniques convergent.

De certains parfums *

Les dieux créent les odeurs ; les hommes fabriquent du parfum. Nus et faibles, ils ne peuvent survivre qu'avec des machineries (des machinations). Le parfum, c'est l'odeur plus l'homme.

Dans l'épreuve (dans les temps très anciens), Nimrod traversa les ténèbres : son épée était noire, son arc était noir, ses flèches étaient noires, sa trompette de chasse était noire comme la nuit, son cheval était noir, bien entendu, mais tous les harnais, les éperons, les étriers étaient également noirs ; tous ses pas étaient noirs, et ses clameurs étaient éperdument noires ; la lumière même était noire dans son principe : elle ne pouvait éclairer qu'un monde noir, et le sang de ses ennemis que Nimrod répandait était strictement noir.

Comme tous les bergers (qu'il était), il mâchonnait un brin d'absinthe. Naturellement l'absinthe appartient aux dieux : son odeur était donc noire. Mais une goutte de sueur de Nimrod coula au creux de ses joues et elle humecta le brin d'absinthe. Aussitôt l'odeur devint parfum : la lumière dorée écarta les ténèbres,

* Ce texte a paru dans la revue *Recherches*, n° 18, juillet 1971.

les passions recommencèrent à chatoyer, et le sang des ennemis que répandait Nimrod redevint rouge.

A la fin de la guerre de 39, dans le Pacifique, les kamikazes se jetaient, ceinturés de bombes, à qui mieux mieux sur les ponts des porte-avions et autres cuirassés de bataille. Ils n'étaient pas que bardés du fulminate des arsenaux d'Osaka. Détruire coûte que coûte était parfait, mais, promis à la plus éblouissante des morts, ils avaient, comme tout le monde, besoin de viatique. Tous les historiens de ce théâtre (c'est le cas de le dire) de la guerre : Léonce Peillard, William Palgrave, Ernst Moeser, Jules La Rive, etc., sont d'accord : tous les kamikazes emportaient avec eux un parfum personnalisé. Ce n'était ni le parfum de tout le monde, ni celui d'un corps de doctrine, ils le fabriquaient chacun pour son compte personnel à partir d'éléments qui leur convenaient en propre. Il ne s'agissait pas d'amour, délices et orgues, mais de l'essentiel. On n'a pas retenu les formules, ou tout au moins quelques-unes ; ces machinations se faisaient d'ailleurs en secret. C'est dommage. Comme quoi, à la guerre, on ne pense pas toujours à tout.

Par contre, on connaît les ingrédients des mélanges qui composaient les parfums « personnalisés » de certains princes samouraïs de l'an mille à la cour des Fujiwara. Notamment un certain Kurobo, prince de surcroît, mais surtout hérissé de cuirasses, d'armures, de targes, de carquois, de flèches, de lances, de sabres, de poignards, de gantelets, comme un énorme insecte venimeux. Il marchait les jambes en manches de veste, pas à pas, lentement, dans la forêt de pins, avec un très considérable bruit de ferraille. Il défendait la veuve et l'orphelin et il l'attaquait à l'occasion. Il a laissé sa trace dans les chroniques, et en particulier la recette de son parfum personnel, son « essence » (comme pour les kamikazes). Il mélangeait, par parties égales, du musc, de la tulipe tropicale, du clou de girofle, du safran, du santal, de la résine, du coquillage pilé, de la cannelle, de l'armoise, de l'euphorbe, de l'aloès et du crottin de chèvre, plus certainement quelques ingrédients secrets. Cette alchimie se faisait à midi ; il fallait un endroit désert, généralement sinistre, une plage par exemple, battue par le noroît d'été.

Un autre, mais celui-là n'était pas un guerrier crustacé hérissé d'antennes et de dards, Baïka, était un courtisan enveloppé de failles, de soies, de moires, de rubans et de fanfreluches empesées. Son parfum personnel était composé de racine de galanga, de rossolis, de rue, de lentille d'eau, de galle maligne, d'abeille pilée et de crottin de cheval. Or, il se contentait de se pavaner dans son amidon ; il n'était donc pas un sabreur. Néanmoins il avait eu l'idée du crottin de cheval qui, dans l'essentiel, est bien une arme, ou plus exactement une armure.

La chronique de la période de Héian s'étend longuement sur les parfums personnels : il s'agissait, comme on voit, de préparations complexes, qui révélaient la vérité d'un personnage, ou son contraire. Ces encens étaient, comme toujours, des machinations ou des machineries contre le siècle ou contre le ciel, ou contre les deux. On comprend mieux désormais le parfum des kamikazes modernes : l'homme ne change pas.

Sous les Han, l'aristocratie chinoise se servait abondamment de parfums artistement agencés, surtout à l'époque de la chasse impériale. En temps normal, quelques grains d'anis et d'huile de coings suffisaient, mais quand rhinocéros et tigres surgissaient du noir des forêts ou du brouillard des marécages, quand il fallait se mettre « en frais, nus et sans armes » devant les bêtes féroces, quand les chars de guerre grondaient comme le tonnerre, quand les chevaux faisaient tinter leurs clochettes et « bondissaient comme des carpes », quand les étendards claquaient dans le vent, quand tigres, léopards, cerfs, sangliers, ours géants, pêle-mêle pourchassés, éclataient en griffes et dents, alors on avait vraiment besoin d'un parfum spécial pour « rappeler l'âme »; car il fallait bien se garder de se conduire en boucher.

Ce parfum spécial était combiné par des chimistes pour ces « cas d'espèces ». Leur pharmacopée a laissé des recettes : elles n'utilisaient que des poudres telluriques. Il s'agissait de piler et de mélanger du silex, du porphyre, du marbre, de la serpentine, du cristal de roche, et souvent des pierres dites communes, qui en réalité ne le sont pas, à cause de leurs formes ou des lieux où elles se trouvent, ou en situation. Ces poudres minérales inorganiques s'organisaient à partir de proportions bien définies, et d'un certain sel, souvent d'un sulfure, mais jamais de cinabre.

Dans les oasis du Tarim qui s'égrènent au sud du Gobi, les trappeurs mongols viennent piéger à la lisière des sables une grosse gerboise, presque aussi grosse que les oursons qui dansent d'habitude autour des orgues de barbarie dans les foires. Ces gerboises ont dans leur tête, juste au-dessous du bulbe rachidien, une pierre, très dure mais un peu savonneuse, de couleur verte, et semblable à une amande avec sa coque printanière. Cette pierre était très prisée par les parfumeurs de l'époque. Concassée dans des mortiers de marbre, réduite finalement en poudre impalpable, elle animait prodigieusement tous les minéraux. Certains très grands aristocrates (qui ne furent jamais empereurs) dédaignaient cependant la « pierre de gerboise » : ils prétendaient, à juste titre d'ailleurs, qu'il ne s'agissait pas d'un minéral mais d'une matière animale, et qu'elle émoussait « la pointe de la flèche ».

A propos du Gobi, tous les déserts contiennent toujours des ingrédients secrets, aussi bien pour les pharmacopées que pour les usages délicats. Quand on va de Merv à Balkh (quand c'est absolument nécessaire, autrement on fait le tour par Meschad, Herat et la passe de Zulficar dans les monts Afghans), on traverse une étrange steppe désolée ; tout y est mouvant et indécis. On ne s'y hasarde que hors la loi ; c'est un trajet pour aller vite. Sables, rochers, dunes, marécages, rien n'est défini, tout est indécis. Ce qui terrifie surtout, c'est l'imprécision ; on préférerait être sûr de quelque chose, même la mort, mais on n'est sûr de rien.

Après le désastre subi par les armées russes dans le désert en 1717, on apprit par les récits des prisonniers échappés à l'esclavage de Khiva qu'il existait ainsi une région qui n'a pas de nom et « insupportable ». Par exemple, on y voit passer des fleuves qui changent de place : ils coulaient nord-sud, deux heures après ils coulent est-ouest, ou bien ils retournent à leur source, ou bien, brusquement, ils disparaissent presque sous vos yeux. A l'extrême limite, un fleuve si large qu'on distingue à peine la rive opposée, comme l'Amou-Daria, l'Oxus d'Alexandre, qui se jetait à la Caspienne, ou se perdait dans les sables, se jette souvent, ou quelquefois, à la mer d'Aral, ou ailleurs, si rapidement et de façon si imprévisible, qu'on crut longtemps que les Khiviens (les gens de Khiva) détournaient l'Oxus à leur guise, soit contre les invasions des Russes ou contre les bandits turkmènes de la steppe.

A l'époque d'Alexandre II, il y avait encore à Saint-

Pétersbourg, au coin du pont Saint-Siméon (aujour-d'hui pont Biélinsky) un immeuble tarabiscoté qui semblait en sucre candi ; il abritait une sorte de musée des guerres Turkomanes. On y voyait notam-ment l'extraordinaire défroque des rares prisonniers russes échappés de Khiva, et on remarquait en parti-culier dans une vitrine, sur une étagère, trois sachets en toile grossière, pas plus gros que des poings d'enfants. On pouvait se demander ce qu'étaient ces minuscules baluchons, puisque par ailleurs on savait par l'histoire et la géographie que la région innomma-ble entre Balkh et Merv nécessitait des semaines et des semaines de marche. Il fallait donc un viatique plus volumineux. Eh bien, non, ce viatique suffisait ; non seulement il suffisait, mais il était même absolu-ment indispensable. On pouvait très bien subsister matériellement dans ces steppes désolées : on y trou-vait facilement une plante au petit feuillage rond, avec une fleur jaune microscopique, mais qui s'enra-cinait en d'énormes tubercules farineux, très comesti-bles, très nourrissants, ayant le goût d'artichaut ; quant à l'eau, il n'était pas de jour, même d'heure, sans rencontrer quelque ruisseau en balade, ou un étang en train de se carapater, ou tout au moins une flaque. Mais l'âme ? Le mot est usé jusqu'à la corde, nous n'en faisons usage qu'à contresens, tandis que les fuyards étaient obligés d'affronter des conditions inhumaines, à proprement parler ce qu'on appelle la terreur panique.

Ces prisonniers évadés se confiaient, aveuglément, à ces petits paquets de toile grossière conservés au musée Skobeleff. C'était un parfum, un esprit ; en l'occurrence du ladanum ou ledanum, une rosée subtile qui provient d'un ciste. On le rencontre en particulier dans l'oasis de Khiva et quelquefois dans les îles de l'archipel grec.

Ce ciste forme un petit buisson qui atteint souvent près d'un mètre de hauteur. Les tiges et les feuilles sont garnies de poils au bout desquels se dépose une sorte de résine qui s'épaissit à l'air et qui reste là suspendue en gouttelettes visqueuses. Le procédé qu'on emploie est le même qu'au temps d'Hérodote et de Dioscoride : le matin de très bonne heure les bergers conduisent leur troupeau de chèvres dans ces environs. Le ladanum pur et visqueux s'attache aux barbes des chèvres ; on l'en retire, et le ladanum ainsi recueilli est le plus pur et le moins chargé de matières hétérogènes. Tandis que les troupeaux paissent paisiblement, les bergers en amassent aussi d'ailleurs d'une autre manière : ils attachent au bout d'une petite perche une peau de chèvre avec laquelle ils vont essuyer les plantes couvertes de cette rosée.

Ce ladanum passait pour préserver de la peste ; on croyait qu'il suffisait d'en tenir un morceau dans la main et de le porter souvent à ses narines. Les philosophes du Khorassan expliquent la chose d'une autre façon. Il n'existe pas, disent-ils, de remède à la mort, mais par un certain truchement, on acquiert une « faculté d'assimilation ».

Après la conquête de la Nouvelle-Espagne, le marquis de Cristoval de Oli, compagnon de Cortés, fut marié avec une fille du seigneur de Tezcaco, laquelle avait nom doña Anna et était belle. Devenu veuf, il épousa la fameuse « faculté d'assimilation » et il ne mourut pas, il ne fit que disparaître.

Il rassembla sa petite armée : quatre-vingts soldats, à peu près, et, avec son apothicaire et son montreur de marionnettes, il entra à l'aventure dans l'inextricable

forêt de la presqu'île du Yucatan. Ils taillèrent leur
route pas à pas à coups de sabre à travers l'enchevêtrement des arbres, des lianes, des clématites géantes et
d'un végétal prodigieux plus dense que du silex. Ils
mangeaient du perroquet, du paon, des gros lézards,
des serpents, et même certains vers de terre à goût de
châtaigne. Chaque soir, ils arrondissaient une clairière
pour les sergents et les miquelets ; une autre clairière,
plus petite, était arasée un peu plus loin pour l'usage
personnel du marquis, où le montreur de marionnettes
montait son tréteau de toile et l'apothicaire démaillo-
tait ses cornues. C'était l'heure du mouchoir de
senteur. L'homme de l'art : un Tolédan affilié avec les
spagiristes les plus réputés versait avec une pipette
quelques gouttes d'un baume sur un mouchoir de
dentelle, et le conquistador s'en flattait les narines
pendant que les marionnettes cabriolaient, ou prenaient simplement des attitudes, en silence, devant lui.

Seuls quelques soldats revinrent, longtemps après,
de cette expédition : un certain Pedro de Ircio, un
brave, de taille moyenne, trotte-menu, grand hâbleur
et conteur de ses faits ; mais surtout Francisco de
Morla, gaillard soldat très bien tenu, surnommé le
Galant, très brave et triomphant. C'est lui qui raconta
l'histoire.

La petite troupe s'amenuisa : les fièvres, les acci-
dents, les venins, les rixes, quelques flèches au curare,
et surtout la vanité de cette déambulation en pure
perte, pour ceux qui n'avaient pas le parfum comme
ressource, et finalement comme simple but, et personne ne vit mourir Cristoval de Oli.

Le tracé de l'autoroute Nord de Marseille a effacé
dans les collines des Aygalades et Saint-Barthélemy
d'anciens domaines de riches armateurs, fiers à l'épo-

que de leurs parcs séculaires, leurs jets d'eau et leurs constructions à clochetons, à miradors et à observatoires à télescopes. De ces hauteurs, grâce à ces lunettes à pied, ils pouvaient reconnaître loin en mer les arrivées de leurs cargaisons avant même l'ouverture de la Bourse. Les bulldozers, scrappers et autres mastodontes ont pulvérisé les arbres, les bassins, les fontaines, les miradors, les vérandas, les serres et les jardins d'hiver ; ils ont certainement aussi écrabouillé une petite cassolette carrée fermée par un grillage en filigrane, et qui portait à sa base une sorte de tige ou de poignée, assez longue ; cet appareil était en argile durcie au feu et en forme d'une fleur à quatre pétales. Cet étrange ustensile trôna longtemps sur une tablette de verre dans une vitrine. Avant l'intervention de la télévision, il alimenta souvent la conversation du salon ; elle emportait alors jusqu'aux canaux de Patagonie.

Où il est dit dans les *Instructions nautiques* que, dans tous ces canaux, « les grains ou *williwaws* sont très fréquents et sont assez violents pour rendre dangereux l'emploi des embarcations. Même par beau temps, tout canot ayant à s'écarter du navire devra être pourvu de deux ou trois jours de vivres, d'eau et de bois à brûler ». Quant à ces fameux *williwaws*, dont le mot est tellement virevoltant, avec ses trois *w*, ils ne sont pas que pluies, ténèbres, tourbillons et autres diableries de fin du monde, ils sont aussi (ils sont surtout) neige, grêle et « pain cuit », c'est-à-dire ouragans épais comme soupe de pain cuit, qui tournent dans le sens des aiguilles d'une montre autour des dépressions, en sens inverse autour des aires anticycloniques, accompagnés de la stratification de l'atmosphère, avec de forts effets de mirages, si bien organisés qu'ils déforment même l'inimaginable.

La chaloupe de la *Sapho* quitta le bord, comptant revenir au bout d'une heure. Elle devait reconnaître, si possible, ce qui semblait être une petite impasse dans le labyrinthe des îles, au sud de la baie des baleines. L'embarcation fut en très peu de temps amalgamée dans la soupe de pain cuit et projetée comme une toupie dans l'inconnu. Les quatre gaillards s'y attendaient ; ils n'étaient pas pris sans vert : le trafic clandestin des nurseries de *seawolfs* n'a pas besoin d'enfants de chœur. Ils firent tête, non pas aux éléments déchaînés, c'était impossible, mais à la mauvaise fortune. Après trois, ou peut-être quatre jours, ou nuits (on ne savait plus), ils furent finalement roulés et vomis sur des rochers désolés.

Les terres de l'archipel en bordure du Horn ne prédisposent pas à la franche rigolade. En réalité, les quatre hommes de la *Sapho* avaient été jetés, sans le savoir, sur un promontoire de la grande île Santa Inès. Ils subsistèrent un certain temps, sans trop s'éloigner ; à basse mer, ils pouvaient ramasser facilement des coquillages, en particulier des peignes très abondants. Enfin, comprenant que la *Sapho* avait aussi d'autres chats à fouetter, et qu'il n'y avait pas de secours à en attendre, ils escaladèrent un ravin ruisselant de pluie et ils prirent pied sur une sorte de plateau, où les nuées se battaient avec acharnement. Ils trouvèrent des nids de pétrels et d'hirondelles, l'eau douce ne manquait pas, mais ils manquaient de points de repère. Comme ils le dirent plus tard avec insistance : il ne s'agissait pas, d'après eux, d'un amer, d'un phare, d'un relèvement quelconque, de déterminer la position d'un point à l'aide du compas, ou même à vue d'œil, toutes choses qui leur étaient familières. Non, il s'agissait de savoir si on était vraiment du lard ou du cochon (révérence

parler). Sur les collines des Aygalades, plus tard, pas
mal de messieurs accoudés négligemment à la cheminée discoururent de l'âme immortelle avec beaucoup
de pertinence, au sujet de la grossière cassolette
d'argile cuite, mais sur le plateau balayé par les
bourrasques de l'île de Santa Inès, les quatre marins
perdus de la *Sapho* se servirent de leurs propres mots
pour dire la même chose.

Ils étaient donc sur le point de se demander si c'était
vraiment nécessaire de continuer la lutte, quand ils
furent touchés par un parfum ; un parfum et non une
odeur. L'odeur, ils la connaissaient : c'était celle du
spermaceti, du blanc de baleine, et également celle de
l'ambre gris. Le spermaceti est liquide dans la tête du
cachalot ; il se solidifie très vite à l'air libre ; quant à
l'ambre gris, il est mou comme de la cire ; on le trouve
dans les intestins du cachalot. Les baleiniers disent
que cet ambre gris n'est qu'une tumeur maligne.
Spermaceti et ambre gris sont très recherchés.

Les quatre naufragés, aussi bien les uns que les
autres, connaissaient parfaitement l'odeur du blanc de
baleine et celle de l'ambre gris, mais le parfum était si
violent, si épicé malgré le mouvement des bourrasques, et il s'y ajoutait on ne savait quoi de si rassurant,
qu'ils se trouvèrent immédiatement requinqués. Ils se
mirent à la piste de ce parfum. Ils imaginaient un
campement de baleiniers, sans doute en train de
vidanger le crâne de quelque cachalot. Mais ils ne
trouvèrent qu'une hutte de pierres dans laquelle et
autour de laquelle grelottait une vingtaine de Fuégiens
Alcalufs. Ces indigènes étaient connus comme les plus
arriérés, sans défense et inoffensifs, tant que leurs
femmes ne sont pas en jeu. Les quatre marins perdus
étaient loin de penser à la bagatelle. Le parfum venait

simplement de là, de cette misérable hutte en schiste noir où agonisait un vieil homme. On (les plus stupides, paraît-il, des sauvages) enchantait son agonie en faisant griller sur des braises, dans une cassolette en terre cuite, des bâtons de blanc de baleine et d'ambre gris.

Le reste (le retour des naufragés à la *Sapho*) est sans intérêt.

Le parfum n'est pas un luxe : nous le voyons bien dans les canaux patagons ; ou alors, il est le plus indispensable des luxes. Les parfums permettent d'affronter — et souvent de les vaincre — les mystères les plus terribles.

« Soutenez-moi le cœur avec le parfum des pommes », dit la fille de Saron. Quand son monde basculera, Marie-Madeleine n'aura plus de ressource qu'au parfum, elle aussi, comme le kamikaze.

29 août 1970

ŒUVRES DE JEAN GIONO

Aux Éditions Gallimard

Romans — Récits — Nouvelles — Chroniques

LE GRAND TROUPEAU.

SOLITUDE DE LA PITIÉ.

LE CHANT DU MONDE.

BATAILLES DANS LA MONTAGNE.

L'EAU VIVE.

UN ROI SANS DIVERTISSEMENT.

LES ÂMES FORTES.

LES GRANDS CHEMINS.

LE HUSSARD SUR LE TOIT.

LE MOULIN DE POLOGNE.

LE BONHEUR FOU.

ANGELO.

NOÉ.

DEUX CAVALIERS DE L'ORAGE.

ENNEMONDE ET AUTRES CARACTÈRES.

L'IRIS DE SUSE.

POUR SALUER MELVILLE.

LES RÉCITS DE LA DEMI-BRIGADE.

LE DÉSERTEUR ET AUTRES RÉCITS.

LES TERRASSES DE L'ÎLE D'ELBE.

FAUST AU VILLAGE.

ANGÉLIQUE.

CŒURS, PASSIONS, CARACTÈRES.

LES TROIS ARBRES DE PALZEM.

MANOSQUE-DES-PLATEAUX *suivi de* POÈME DE L'OLIVE.

ENTRETIENS avec Jean Amrouche et Taos Amrouche, présentés et annotés par Henri Godard.

Essais

REFUS D'OBÉISSANCE.

LE POIDS DU CIEL.

NOTES SUR L'AFFAIRE DOMINICI, *suivies d'un* ESSAI SUR LE CARACTÈRE DE PERSONNAGES.

Histoire

LE DÉSASTRE DE PAVIE.

Voyage

VOYAGE EN ITALIE.

Théâtre

THÉÂTRE (Le Bout de la route — Lanceurs de graines — La Femme du boulanger).

DOMITIEN, *suivi de* JOSEPH À DOTHAN.

LE CHEVAL FOU.

Cahiers Giono

1 et 3. CORRESPONDANCE JEAN GIONO — LUCIEN JACQUES

I. 1922-1929
II. 1930-1961

2. DRAGOON, *suivi d'*OLYMPE.

4. DE HOMÈRE À MACHIAVEL.

Cahiers du cinéma / Gallimard :

ŒUVRES CINÉMATOGRAPHIQUES (1938-1959).

Éditions reliées illustrées

CHRONIQUES ROMANESQUES, tome I (Le Bal — Angelo — Le Hussard sur le toit).

En collection « Soleil »

COLLINE.

REGAIN.

UN DE BAUMUGNES.

JEAN LE BLEU.

QUE MA JOIE DEMEURE.

En collection « Pléiade »

ŒUVRES ROMANESQUES COMPLÈTES, I, II, III, IV, V et VI.

RÉCITS ET ESSAIS.

Jeunesse

LE PETIT GARÇON QUI AVAIT ENVIE D'ESPACE. *Illustration de Gilbert Raffin (collection Enfantimages).*

L'HOMME QUI PLANTAIT DES ARBRES. *Illustration de Willi Glasauer (Folio Cadet).*

COLLECTION FOLIO

Dernières parutions

Impression Bussière à Saint-Amand (Cher),
le 26 décembre 1990.
Dépôt légal : décembre 1990.
Numéro d'imprimeur : 3467.
ISBN 2-07-038323-7./Imprimé en France.